はよう寝んか　明日が来るぞ

第１４回「伊豆文学賞」優秀作品集

伊豆文学フェスティバル実行委員会 編

第十四回「伊豆文学賞」優秀作品集

目次

小説・随筆・紀行文部門

最優秀賞

はよう寝《ね》んか　明日《あした》が来《く》るぞ

前山《まえやま》　博茂《ひろしげ》

雨上がりの朝は遥《はる》か彼方《かなた》が見える。峰々の連なる向こうには島田の街並みが小さく見え、その先には駿河湾《するがわん》の海が眩《まぶ》しい光を返し、水平線には入道雲が湧いている。

川根の山から島田の街がはっきり見えるのは年間を通してもそう多くない。

山ひとつ越えてきた。鴨一《おういち》は荒い息を吐いて山の頂上の亀石に腰掛け、息を整えてから水筒の水を喉を鳴らして飲んだ。

柔らかな風が汗を拭っていく。起伏の激しい山道を駆け抜けてきた。腹が空《す》いた。鴨一はにぎり飯を頬張る。ひとつを一気に食べた。しゃっくりが出た。水を飲んで止めた。考えあぐねた末に残りひとつも食べた。昼飯は玄海《げんかい》に集《たか》ろう。

亀石はまだひんやりとして疲れた体を癒してくれる。鴨一は体を横たえた。

鴨一は杉や桧《ひのき》の人工林の中を軽い身のこなしで下りていく。通い慣れた山道だったが、赤茶けて踏み固められた粘土質の道は油断すると足元を掬《すく》われる。行き交《か》う人もいない。風が通り過ぎていくだけだ。

雨を含んだ木々の葉は緑が増して艶やかだった。鴨一はその緑を体いっぱいに浴びて足取りも軽い。鴨一は山道を飛ぶように下りていく。

同級生の玄海の家の前に来た。鴨一はズボンの裾をくるりと膝まで捲《まく》し上げて立ち止まった。竹を半分に割いた樋《とい》からは谷川から引いた清冽《せいれつ》な水が溢《あふ》れ落ちている。

鴨一はいつものように喉を潤し、汚れた足を洗おうと思ったが、ふと見ると白いショートパンツを着《は》き、アイロンの掛かった半袖のワイシャツを着た娘が腰を屈《かが》めて顔を洗っていた。娘は髪を少年のように短く刈り、細い項《うなじ》は透けるように白かった。太股《ふともも》が露《あらわ》でワイシャツからうっすら透けて見える背中のブラジャーの線に鴨一はどきんとした。

川根の娘ではない。同級生のたか子や敏美《としみ》や好江《よしえ》の背中にはまだその線が見えていない。三人はシュミーズを着け、胸の膨らみもなかった。まだ子供だ。

どこの娘だろう。玄海の親類だろうか。鴨一はその娘から目が離せなかった。ワイシャツの胸元が微《かすか》に揺れて娘が振り返った。鴨一に気付いた娘は、あっ、と小さな声をあげた。白く透き通るような顔からは雫《しずく》が落ち、ワイシャツの胸元を濡《ぬ》らした。娘は急いでタオルを手に取り、顔に当てた。濡れたワイシャツが体に密着してブラジャーの形状を露にしていた。あどけない顔立ちの娘だったが体つきはもう大人だった。見てはいけない。鴨一は慌てて目を外した。

目の細い玄海一家の親類ではない。娘は人を惹《ひ》き寄せる大きな瞳で鴨一をじっと見て微笑《ほほえ》んだ。

「鴨一君ね、中道《なかみち》鴨一君」

と娘は親しそうに言って幼い頃からの知り合いのように寄ってくる。川根の人間はみんな知り合いだ。気味が悪い。鴨一は警戒する。

「知らない。俺知らない」

鴨一は後退《あとずさ》りする。娘が迫る。

「鴨一君が私を知らないのは無理ないけど、私はよく知ってるわ」

娘は鴨一を上から下まで舐《な》めるように見た。

「やはり想像していた通りね」

娘は妙に馴《な》れ馴れしかった。

「やっと会えたわ」

娘は鴨一の手を握ろうとする。知らない人だ。鴨一は慌てて両手を後ろに逃がした。

昨夜食べたニンニクや汗と脂の混じった体臭が気になった。近寄るな。汗くさいぞ。

「俺の名前をなぜ知っているんだ」

鴨一は遠くから吠《ほ》える犬のように声を荒げた。

「春ちゃんにいつも聞かされているから」

「春ちゃんと言ったら、春姉《はるねえ》のことか？」

「そうよ」

「なんだ。それを早く言ってくれ」

鴨一は警戒心を解いた。春姉こと春江《はるえ》は玄海のひとつ年上の姉で、島田に下宿して高校に通っていた。

「鴨ちゃんは体はちっちゃいけど川根始まって以来の神童や。勉強もスポーツも静岡県でトップクラス。それに丸太乗りはお金払ってでも見る価値があるって、春ちゃんは鴨一君のこと誉《ほ》めちぎってるわ。ねえ鴨一君、お金出すから見せてくれない。丸太乗り」

娘は春江が通っている島田市内の高校の同級生で杉本富士子《すぎもとふじこ》と言った。

富士子の父義夫《よしお》は大井川河口で製材業を営み、川根周辺に所有する山林の見回りのために川根に来ていた。富士子は夏休みを利用して杉本に同行し、昨夜から春江の家に泊まっていると言った。

「春姉は大げさすぎる」

と鴨一は言った。

川根は小さな集落で隔絶された山村だった。河岸段丘を利用しての茶栽培。その他に特産品と呼べるものはなかった。

助け合って生きてきた。啀《いが》み合っては生きていけなかった。それぞれが少しばかりの得意を持ち、それを称《たた》え合って日々を送ってきた。

「中学三年生にしては発育がもう少しだけど、大丈夫よ。来年の春あたりからぐんぐん伸びるわ。楽しみね、鴨一君」

富士子は鴨一より十センチは高い。鴨一の身長は百五十三センチ。体重四十キロ。あだ名はガリガリ。背の低いのが悩みだった。毎日鉄棒にぶら下がったが効き目はなかった。

そう言えば父幸吉《こうきち》が十五の時も鴨一と同じような体格だったが、十六からの二年間で二十センチも伸びたと言う。鴨一は富士子の言ったことを信じようと思った。

「朝夕は寒いくらい」

そう言いながら富士子は当分の間は春江の家に世話になると言った。また会えるとうれしい。

鴨一は山道を下りながら、杉本富士子杉本富士子と呟《つぶや》いた。

その瞬間、鴨一は足元を掬われてもんどり打って転んだ。尻部を強《したた》かに打ち、うっと唸《うな》った。息が継げなかった。

「う……う……う」

鴨一はその場に蹲《うずくま》った。

「くくく」

と背後で鳥が鳴くような声がした。玄海だった。

玄海は一本杉の陰から顔だけを出し、口に手を当てて笑っていた。人気のない山道でよりにもよって玄海に見られてしまった。鴨一は恥ずかしかったが、玄海の手を借りるしかなかった。

「……起こしてくれ」

鴨一は息も絶え絶えに言った。睨《にら》み返す気力は失《う》せていた。

「ガリガリ、富士子さんと会ったんだね」

玄海は傷口を見てやるからパンツを捲れと言う。ずきずきしたが断った。

「春姉は喋《しゃべ》りすぎだ」

「誉めたんだからいいじゃん。それより鴨ちゃん、鮎《あゆ》掛け手伝ってほしい」

頼みごとする時だけ、ちゃん付けかよ。玄海は杉本と富士子のために特別大きな鮎を焼きたいと言った。

「いいけど条件がある」

「条件？」

「おにぎりひとつ恵んでほしい」

「ひとつでいいのか」

「ああ。玄ちゃんのは大きいから」

「三つあるよ。ひとつずつ食べて、あとは半分っこしよう」

一時間後に大淵《おおぶち》の河原で会うと約束して玄海と別れた。

公民館の周辺は雑草が茂り、草いきれがした。鴨一は公民館の新聞受けから新聞を抜き、匂いを嗅いだ。インクの匂いが鼻を刺した。紙が温かかった。

鴨一は顔を背けたくなるような足の臭いの染みた座布団を二つ折りにして、胸に当ててうつ伏せになった。

新聞を拡《ひろ》げた。わくわくした。

今日は、昭和三十四年（一九五九）七月二十七日、月曜日。鴨一は一面の右上段の日付を確かめて声に出した。もうテレビの時代だというのに家にはラジオもない。新聞も届かなかった。

うっかりすると日にちを忘れたり、曜日を間違えることがあり、母佐喜《さき》からも今日は何日と聞かれることもしょっちゅうだった。

まだ誰も開いていない新聞を見る快感。鴨一はめくった途端に逃げていくインクの揮発性の匂いや、今出来上がったばかりのような紙の温もりが好きだった。

「日本、相つぐ世界新」

A新聞には大阪で行われた日米対抗水上大会で山中選手やリレーで相ついで世界新記録を出したことを写真入りで報じていた。

　200メートル自由形は2分1秒5
　400メートル自由形は4分16秒6
この記録は山中選手が出した。

　800メートルリレーは8分18秒7
この記録は藤本《ふじもと》・見上《けんじょう》・福井・山中選手が協力して出した。

「世界一だ、世界一だ」

心が躍った。鴨一は声をあげた。自分のことのようにうれしかった。何度も読み返した。爽快だった。

昭和三十四年の七月も数日で終わろうとしていたが、今年の日本は世界にアピールする出来事が多いような気がする。

四月には皇太子殿下の御結婚があり、五月にはミュンヘンで行われた国際オリンピック委員会で第十八回夏季大会は、五年後の昭和三十九年（一九六四）に東京で開催されることが決定した。また昨日の新聞には日本人女性が初めてミスユニバースに選ばれたと報じていた。

鴨一は川根茶を入れ、ラジオをつけた。ペギー葉山《はやま》の歌う「南国土佐《とさ》を後にして」が流れていた。その歌にはアメリカの匂いがした。青空に向かっていく伸びやかさがあった。鴨一は口《くち》遊《ずさ》んだ。

大井川の清冽な流れの中で育った鮎やあまごは美味《おい》しかった。特に支流の谷間で穴釣りしたうなぎは絶品だった。

鴨一は河原に立って大淵で鮎を捕る玄海の様子を見ていたが、一向に成果は上がらなかった。

「鴨ちゃん、はやくはやく」

玄海が水中眼鏡を頭の上に載せて叫んだ。鴨一は服を脱いだ。

はよう寝んか、明日が来るぞ。

否応《いやおう》なく日は暮れて否応なく朝は来る。山の朝は陽《ひ》の光と共にやってくる。鴨一は布団の中で風や霧や雨や陽の動きで朝の気配を感じ、佐喜の炊くごはんの匂いで目を覚ます。蚊帳《かや》の中で、大きくなれ大きくなれと手足を精一杯伸ばし、欠伸《あくび》の後には爽やかに目覚める。

「年寄りみたいだなぁ」

と陽が落ちると同時に布団に入り、朝の気配でさっと起きる鴨一の生活を玄海は馬鹿にしたように笑うが、健康にはこれが一番だ。寝る子は育つ。今に見ておれ。今はガリガリでもそう遠くない明日には、お前を追い越して空手チョップを見舞ってやる。

はよう寝んか、はよう寝んかと急《せ》かされてもすぐに寝つかれるものではないが慣れると楽だ。夜は黒い緞帳《どんちょう》が降りるようにいきなりやってきて、佐喜との会話もすぐに絶える。起きていてもつまらなかった。

佐喜は行水をしていた。静かな夜だ。鴨一は水を掛ける小さな音を聞きながらうとうとする。

「ああ、いい湯やった」

行水を終えた佐喜は冬用の股引《ももひき》に腹巻をして鴨一の横に敷いた布団に入る。

「極楽だぁ極楽だぁ」

佐喜はひとり言を言って、鴨一におやすみと声を掛けた後、すぐに鼾《いびき》をかいた。石鹸《せっけん》で落としきれていない女の匂いが蚊帳の中をねっとり包んだ。

俺はもう十五だ。自分の部屋が欲しい。鴨一は何度も言おうとしたが、まだ言い出せないでいる。折り畳みの食台を畳んでから蚊帳を吊《つ》る。そんなせせこましい家の中で個室は絶望だ。珍しく眠れなかった。うとうとしていたが富士子の顔を思い出すと眠気が飛んだ。鴨一は佐喜の寝息を聞きながら天井を見続けた。

一本の丸太が大淵に浮かんでいる。丸太の直径は二十五センチ。長さは四メートルの杉材。

太くはないが節がなく、根元から先端まですっと伸びた丸太で、筏下《いかだくだ》しが行われていた時の筏師達《たち》が、仕事の合間に余興用として大切に扱ったものだった。

大井川は赤石山脈《あかいしさんみゃく》の水を集めて蛇行を繰り返して南流し、駿河湾に注ぐ暴れ川。長さ百八十五キロメートル。その大井川で筏下しが盛んに行われていた時代があった。杉や桧は白木と呼んで筏に組んだ。モミやツガは黒木と呼び、バラで流した。筏組合が解散して一年が経った。

丸太は大淵の中央でじっとしている。鴨一は切り立った岩の上に立ち、両手を高く上げて深く息を吸って勢いよく水の中に飛び込んだ。

今日こそは川底で白く光る石をこの手で握ってやる。鴨一はそう決意して息が続く限り潜った。水を掻《か》く。水を蹴る。鴨一は全身を使って垂直に潜っていく。白く光る石がぼんやりと見えた。あとひと掻きだ。手を伸ばす。手の先が石に触れた。よしもうすぐだ。

息が切れた。頭ががんがんする。限界だ。鴨一は急いで浮き上がった。

鴨一は丸太に寄りかかって息を整えた。まだ誰も触れていない白く光る石に触れた。大したものだ。鴨一は石に触れた感触を確かめた。爪の中に泥が詰まっていた。惜しかった。明日こそは拾ってやる。

鴨一は丸太の中央付近に手を掛け、両足に力を込めて水を蹴り上げ、躍り上がって丸太に飛び乗った。丸太は八方に揺れ、水面が波打った。鴨一は立ったまま両手でバランスを取り、暴れる丸太を落ち着かせていった。

丸太は落ち着きを戻して水面もおとなしくなった。

鴨一はゆっくりと丸太を回し始めた。右足と左足を交互に動かし、次第に回転を早めていった。勢いよく回転する丸太の周辺に水しぶきが跳ねる。足の蹴りを早くした。回転はさらに増していったが、鴨一の上半身はぶれることはなかった。

鴨一の動きはさらに激しくなった。回転が最高潮に達したかと思うと、次の瞬間にはぴたっと丸太を止めて息つく隙《ひま》もなくすぐに逆方向に回し始めた。水面が波立った。丸太のスピードがぐんぐん上がった。

丸太は鴨一の思い通りに動いた。丸太乗りは教えてもらった訳ではなかった。丸太を浮かべ獲物をとり、遊んだ。これらは筏師だった幸吉の動きを見ながら自然に覚えたものだった。

鴨一は丸太の上で逆立ちになり、手を丸太から離して両手を真横に張って頭だけで身体を支えた。丸太は微かに揺れたが、鴨一は両手でバランスを取りながら動きを止めた。景色が逆さに見えた。血が昇った。

逆立ちを解き、丸太の上で胡座《あぐら》をかいて腕を組んだ。目を閉じた。

「どうするだ」

進路指導の山本先生の声を思い出した。これからは教育だ。高校だけは出ておけ。

玄海は春江と同じ高校を目指している。彼なら大丈夫だ。玄海のことより、どうするだ、鴨一。鴨一は自分に声を掛ける。

鴨一は丸太の上でうつ伏せになり、手と足をだらりと水の中に浸した。きつい陽差しに背中が熱い。富士子の伸びやかな肢体を想った。股間が疼《うず》いた。疼いた股間を丸太に押しつけた。

朝靄《あさもや》の立つ河原に焚火《たきび》の火が青空に昇っている。鴨一と富士子と玄海は小高い岩の上で腹這《ば》いになり、河原で忙《せわ》しなく動いている幸吉と杉本の動きを追っていた。幸吉と杉本は地下足袋《じかたび》を履き、ざくざくと砂を踏む音を立てながら足並み揃えて丸太を運んでいた。幸吉が前を担い、杉本は後方で根元を担いで声を掛け合って丸太を河原に並べていく。

「何してるの？」

鴨一と玄海に挟まれた富士子が二人の顔を交互に見て言った。富士子の匂いが立った。

「さあね」

玄海は頼りなげに言った。丸太が次々と河原に並べられていく。かなりの数だ。１２３４５……鴨一は本数を数えた。151617……222324……333435。その数三十五本。すべて立派な杉材だった。

「幸兄《こうあに》、先床《さきどこ》の舳先《へさき》を選んでいいか」

「おおよ」

幸兄こと幸吉が勢いよく返事をして、たばこに火を点《つ》けた。

「筏の良し悪しは舳先で決まるぞ」

「任しとけ。丸太の目利きは幸兄より確かだで」

「ははは。義夫はそれでぼろ儲けしとるんやろ」

「ははは。幸兄もお人が悪い」

杉本もたばこを咥《くわ》えた。

「これだ。舳先はこれだ」

杉本が一本の丸太を指して幸吉の顔をじっと見た。

幸吉は杉本の指した丸太を根元から先端にまで目をやった後に肯《うなず》いた。杉本の顔が綻んだ。

「さすがや」

「筏や。筏を組んで大井川を下るんだ」

と鴨一は言った。心が騒いだ。

幸吉と杉本は十五の時から紀州の熊野川で筏師の見習いをした。筏師は向こう意気が強い者ほど上達は早いというが、見習い期間中の冬の寒さは地獄だった。先輩が休憩で焚火にあたっていても、見習いは鈌《かん》や藤葛《ふじかずら》の配置や雑用に追われて休む隙がなかった。宿舎に帰っても先輩が風呂を済ませるまでは浴衣掛けで立ち尽くし、歯をガチガチ合わせて震えていた。

杉本はその寒さに耐えかねて何度も故郷に帰ろうとしたが、幸吉に説得されて一冬を過ごし、見習いを終えた二年目の冬をやっとのことで過ごしたが、三年目の冬を前にして幸吉に置き手紙を書いて故郷の島田に戻った。

幸吉は我慢した。見習いを終えて親方について先床に乗った。親方は二番床で舵棒《かじぼう》を握り、右じゃ、左じゃと棹《さお》の差し方を指示して上下関係は厳しかった。

幸吉は長い間熊野川を拠点にして鴨緑江《おうりょっこう》にも出稼ぎに出た。多感な時を紀伊山地《きいさんち》の山の中で暮らしたせいか、幸吉は今でもその土地のなまりが抜けなかった。そのなまりとは相手に喧嘩《けんか》を売っているような粗野な言葉だった。佐喜はその言葉遣いを嫌った。鴨一は友達の前では喋《しゃべ》らなかった。

昭和三十三年（一九五八）。大井川の筏組合が解散した。幸吉は最後の筏師だった。丸太乗りは深川《ふかがわ》へ行っても引けを取らんと言われた男が川から上がった。熊野川の本宮筏組合から、もういっぺん来てくれんかと言われたが断った。熊野川の筏下しも先が見えていた。幸吉は山仕事に就いた。

舳先が決まった。これからはその脇を固める丸太を選ぶ。

「重たくて形の悪い丸太を先床に持ってくると尻床《しりどこ》が捩《ねじ》れて筏がひっくり返ったり、藤葛が切れたりすることがある。脇も慎重に選ばんと」

「そうや。先床で筏は決まる」

幸吉と杉本は諍《あらが》うことなく丸太を選び、横方向に七本の丸太を並べていった。

「これで安心して下れるぞ」

幸吉は満足そうに言った。あとは二番床から尻床までを選んでいく。

「さあ、組むぞ」

筏を組む。幸吉も杉本も頭に巻いた手拭いを締め直した。

先床用の丸太が静かに水の上に浮かんだ。筏を組むには丸太の先端の横方向に藤葛を這《は》わせ、その上から鈇斧《よき》を振り降ろして鈇を打ちつける。手慣れた作業だった。

先床が組まれた。筏で最も重要な先頭部分が完成した。あとは二番床から尻床までを繋《つな》いでいく。

鴨一は体を乗り出した。祖父も幸吉も筏師だった。その血を継いでいるのだろうか、鴨一の血は騒いだ。いつか筏下しをしたいと思っていたが、一人では無理だ。玄海と二人では無鉄砲だ。

心が滾《たぎ》った。居ても立ってもいられなかった。鴨一は腰を上げた。

「俺、行く」

富士子と玄海にそう告げて鴨一は険しい岩場を軽い身の熟《こな》しで下りていった。

「待ってよ」

富士子が続いた。鴨一には思いもよらないことだった。足手纏《あしでまと》いだ。

「だめだ。来てはだめだ」

鴨一は叫んだが、富士子は軽い足運びで鴨一を追った。

「富士子！」

「鴨一！」

幸吉と杉本は迫ってくる鴨一と富士子の姿を見て突っ立った。

「どおしたんや」

幸吉が怒鳴った。

「筏へ、筏へ乗せて下さい」

鴨一は頭を深く下げた。

「私も乗せて下さい」

富士子が続いた。幸吉も杉本も目を張った。

「なんだって……。だめだ、絶対だめだ」

杉本は鉞斧を置いた。

「だめって言われても納得できない。だってお父さん、いつも言ってるじゃない。これからは女の時代だ。何にでも挑戦しなきゃって、あれは嘘《うそ》なの？」

富士子の剣幕に押されて杉本は言葉を失った。

「無理だ。富士子には無理だ」

杉本はそう言うのが精一杯だった。

「そんなことないわ」

「だめだって！」

杉本は声を荒げた。

「じゃ私の好きなようにする！」

「勝手にしろ」

「するわ」

富士子はそう言った後、川に向かって走り出した。

「何するだ」

杉本は追いかけて手を掴《つか》んだ。

「ほっといてよ。今から島田まで泳いで帰るんだから」

富士子は手を振り切ろうとして踠《もが》く。

「それは無茶やぞ」

と幸吉が言った。

「そうだ。幸兄の言う通りだ」

「お父さんは知ってるでしょ。私は小学六年生まで筏に乗って遊んでたわ。丸太乗りも男の子に負けなかったわ」

富士子は一歩も引かなかった。

「向こう意気の強い娘さんじゃが、筏下しは遊びやないぞ」

「そうだ。それにお前は女だで」

「女だからは時代遅れよ。そんなこと言われたら余計に乗りたい。絶対乗る！」

富士子は杉本に咬《か》みついた。焚火が煙っていた。

埒《らち》が明かない。杉本は幸吉の傍《そば》に寄った。

「幸兄、何が起こっても責任はわしが取る。連れてやってくれんか」

「連れていって下さい。父がどんな思いで筏に乗ったか、少しでも知りたいんです」

富士子が目を潤ませながら言った。その思いは鴨一にも共感できた。

「そうか。知りたいか」

幸吉は富士子を鋭い眼で見た。

「はい」

富士子は幸吉をまっすぐな眼で見た。

「義夫、親孝行な娘じゃ」

幸吉は杉本の肩をぽんと叩《たた》いた。

「いいのか、乗せていいのか」

「負けたよ。娘さんの根性と親孝行に」

と言った後に幸吉は鴨一を見た。鴨一もまっすぐな目で見返した。

「よし、四人で行くぞ」

と幸吉が言った。鴨一と富士子は飛び上がって喜んだ。

「俺も連れていけ」

気が付けば玄海が鴨一の後に立っていた。意外だった。玄海は相撲部だ。川を相手にすることは苦手だった。鴨一は玄海の心を計りかねたが、熱い視線の先には富士子がいた。

二番床も先床に次いで良い丸太を使用し、後にいくに従って質が落ちたが尻床まで先床と遜色のないものが揃った。横方向に七本の丸太を並べ、前と後に藤葛を這わせてその上に鈬を打ちつけると、ひとつの床が出来上がる。その床を五つ繋いで筏が完成した。横幅一メートル八十センチ。長さは二十メートルを超える筏だった。

舵棒は二番床で操作する。鴨一と富士子と玄海に棹が渡された。棹は桧製で太さは六センチ。長さは四メートル以上あった。台所の天井上に置いて煙で燻《いぶ》し、黒光りしたものだ。軽くて手に馴染んで、よく撓《しな》る。

「降りるんやったら、今のうちやぞ」

幸吉はドスの利いた声で言った。鴨一は首を横に振った。富士子も同調した。玄海は泣きそうな顔をして首を横に振った。

決まった。筏で大井川を下る。鴨一と富士子と玄海は地下足袋を履き、乗馬ズボンを着用した。体が引き締まった。

焚火に砂をかけた。火が燻った。幸吉がお神酒《みき》を開けた。その時、玄海が突然筏から飛び降りて河原を駆け抜け、背の高い雑草の影に隠れた。

「どうしたの？」

富士子が鴨一に聞いた。

「あいつ、緊張すると必ずおしっこに行く」

鴨一は富士子にそっと言った。富士子は顔を赤らめた。

しばらく待った。玄海が帰ってきた。

「御用は済みましたか？」

鴨一は玄海の顔を覗《のぞ》き込んで言った。

「お陰《かげ》さまですっきりしました」

玄海は小さな声で言った。

幸吉は先床から尻床にかけてお神酒を注ぎ、青々とした水面にも注いだ。幸吉と杉本は頭を垂れて手を合わせた。三人も見習った。

山の神様、川の神様どうぞお静かに。

「行くぞ」

「おおよ」

幸吉が号令をかけた。杉本が力強く答えた。さあ、いよいよだ。鴨一の気が張った。

先床には鴨一が立った。舵棒は幸吉が握った。三番床には玄海が、四番床には富士子が、尻床では杉本が櫂《かい》を持った。

鴨一は棹で岩を強く押し、富士子も玄海も力強く棹を差した。杉本は櫂を漕《こ》ぎ、筏はぎしぎしと軋《きし》んだ音を出して動き始めた。

筏はゆっくりと大淵を離れ、流れに溶け込むように本流に乗った。筏はよく浮いた。鴨一は腰を落とし、足を踏んばって棹への一差し一差しに力を込めた。川底を突く確かな手応えが棹先の金尻《かなじり》から伝わってくる。金尻は棹先のすり減り防止用金具だ。

峡谷の柔らかな風を切って筏は軽快に下っていく。流れに乗った筏は棹も櫂も必要なかった。幸吉の舵取りで充分だった。

しかし油断は禁物だった。大井川には、朝の雷は川向こうへ行くなという古い伝えがあった。それは疾風が吹き、鉛色の空から山や川に迅雷が走るとそのすぐあとから一時、バケツをひっくり返したような雨が降る。疾風迅雷を伴った雨が降るとV字峡谷の水量はみるみるうちに太くなり、鉄砲水となって流れは滝になる。岸や河原は水の中に沈み、水は濁る。そうなれば対岸に行った人はしばらくは戻れなくなるからだった。

川は落ち着いていた。鴨一は空を見上げた。夏の真昼間の強い陽差しが目を射《さ》した。青空の下には断崖絶壁の谷が続き、岩の割れ目には背の低い原生林の根が露になっている。

鴨一は棹を置いた。景色に見惚《みと》れた。その時バシッという音がして尻部に激しい痛みが走った。

「痛い！」

鴨一は悲鳴をあげた。幸吉が強かに鴨一を足蹴りしたのだ。

「棹拾え」

幸吉は冷静に言った。鴨一は我に帰り、急いで棹を手に持った。

「棹は命や」

先床は列車で言えば機関車だ。常に流れの方向に向けなければならなかった。しっかりしなければ機関車は暴走する。筏は流れから外れていた。幸吉の舵加減ですぐに修正できただろうが、幸吉は何もしなかった。鴨一は慌てて川底に棹を差した。

「ごめんなさい」

鴨一は素直に謝った。筏の上では幸吉は親方だった。

どっどっどっと地が震えるような音が風に乗って聞こえてきた。水面はざわつき、白濁した波が舞っている。鴨一は下流に鋭い目を向けて身構えた。

川の中央には尖《とが》った岩が水面から空に向かって立ち上がり、流れは右と左に真っ二つに割れている。

「荒《あら》やぞ」

幸吉が叫んだ。荒とは川底がでこぼこした難所だ。鴨一は両足の指先に力を込めた。地下足袋が丸太に吸いついた。

右の荒にはスーッと糸を引いたような筋状の流れがいくつも発生している。波立ちは少なく、流れは穏やかだった。左の荒の片隅には激しい流れが砕け散って白濁した波が舞っている。

どっちだ、機関車。鴨一は先を読む。

右の荒の筋状の糸を引く流れの下には鋭い刃物のような岩柱が水中すれすれに立っている。無理をしてそこを通れば筏は岩柱に乗り上げて立往生する。そうなれば筏を解体して組み直すしかなかった。

左の荒は川幅は狭く、水は太い。白濁した波の下にはでかい岩が潜んでいる。厄介な岩だがそれを避ければ筏は辛うじて通過できる。鴨一はそう読んだ。

鴨一は振り返って左を指した。幸吉は即座に肯いた。大井川を知り尽くしている幸吉と同じ見立てだ。

「左へ行くぞ」

鴨一は叫んだ。筏に緊張が走った。

舵を切り、櫂を漕ぎ、棹を差した。筏は左の荒へと突き進んだ。

波しぶきが飛ぶ。筏は浮き沈みを繰り返した。振り落とされそうだ。鴨一は強く足を踏ん張って堪えた。

荒に突入した。幸吉は中腰になって舵棒の左側に立った。舵棒は腹に当ててはいけない。必ず右側か左側に立つ。舵棒を操る者の鉄則だった。

逆巻く流れの中で櫂も棹も引いた。幸吉の腕だけが頼りだった。幸吉は冷静だった。前方を見据えて流れを読み、小刻みに舵を切った。筏は左右に煽《あお》りながらでかい岩が潜んでいる荒の白濁した波を横目に見て横腹を擦って進む。藤葛が撓る。ほっとする間もなかった。荒は続いた。小さな落ち込みが長く続いていた。川底は浅くなり筏はごつごつと腹を当てる。速度は鈍り、床のひとつひとつがあちこちに動いた。川底のごろ石がはっきりと見える。鴨一も富士子も玄海も我武者羅《がむしゃら》に棹を差した。

押しが得意な玄海の一差し一差しがよく利いた。筏の腹が川底の石を巻いて下っていく。藤葛がいやな音を立てる。鈌が飛ばないか気掛かりだ。

「くぼみじゃ、くぼみに差せ」

幸吉が叫んだ。水面から一メートルの高さの岩場には丸く窪《くぼ》んだ個所《かしょ》が点々と下流に向かって刳《えぐ》られている。刳られた個所はつるつるとして銀色の光を放ち、自然に出来たものとは明らかに違っていた。そこは筏師が繰り返し棹の金尻を差して荒を乗り切った証しの場だった。

揺れる筏の上で棹を構える。体が不安定だ。狙いが定まらない。鴨一は腰を落として前屈みの姿勢で狙いを定めた。今だ。棹を差した。金尻が見事に的を捉えた。金尻から火花が散った。確かな手応えだ。鴨一は全身の力を棹に込める。筏の速度が上がっていく。更に力を加える。棹を引き、次の的に狙いを定めて打つ。的を捉える。強く力を加える。棹が撓る。棹先が肩に喰《く》い込む。気を抜くと弾《はじ》き飛ばされる。鴨一の小さな体に力が満ちる。

「右じゃ右に差せ」

反対側の岩場でも窪んだ個所が続く。鴨一は体を捻《ひね》り、棹を差す。富士子も玄海も時折、的を外しながらも懸命に棹を差した。鴨一は何も考えなかった。ひたすら丸い窪みを見詰めて呆《ほう》けたように棹を差した。長い荒を超えた。流れの中に先床を乗せた。

流れは落ち着いた。緊張が解けた。鴨一は安堵《あんど》して長い息を放った。その途端、しっこが一滴洩れた。堪えようとして下半身を踏んばったが、一度出たものは制御できなかった。鴨一は放ち終えるとぶるっと体を震わせた。

幸吉と杉本はたばこの煙を空に向かって吐いた。富士子と玄海は筏の上で大の字になり、激しい息遣いをした。

空は茜色《あかねいろ》に染まっていた。杉本が櫂を漕いで筏を瀞場《とろば》に入れた。やっと着いた。

足が震えた。砂利を踏みしめる度にがくがくした。びしょ濡れの地下足袋を放り投げた。足がふやけていた。素足で角ばった砂利を踏んだ。ちくちくした痛みが心地よかった。生きている、と鴨一は思った。玄海は岸に上がってすぐに倒れるように砂利の上に寝転んだ。富士子は血の気のない顔をしていた。その顔もまた美しかった。

流木を焼《く》べた。どんどん焼べた。真夏の夕刻に火が燃え滾った。ごはんが炊けた。みそ汁が沸いた。鮎とあまごがきつね色に焼けた。車座の五人は一斉に齧《かじ》り付いた。

血の気が戻った。幸吉と杉本は酒をくみ交わした。二人共、呷《あお》るように飲んだ。

幸吉も杉本も酔っていた。火に炙られた顔は赤銅色に光り、目はとろんとして鋭さを失っていた。

「鴨一の鴨は鴨緑江の鴨。玄海は玄界灘《げんかいなだ》の船の上で生まれた。富士子は言わずと知れた富士山から頂いた」

杉本は鴨一と玄海の膝を叩き、富士子にはやさしい目を向けた。

「みんな懐の深い、今からの世を背負って立つええ名前や」

と幸吉が言った。

「鴨緑江か……」

と杉本が呟いた後、

「わしも幸兄に連れられて鴨緑江に行ったことがある」

と言って鴨緑江節を歌い始めた。

朝鮮と支那の境のあの鴨緑江
　コラショヨイショ
流す筏はあらよけれども
　ヨイショ
雪や氷に閉ざされてよ

はよう寝んか　明日が来るぞ

明日もまた安東県にゃつきかねる
チョイチョイヨイナ
チョイチョイ

「夏は天国だったが冬は地獄だった。十五で見習いして十七の冬に逃げて帰った。幸兄には迷惑かけた」

歌い終わった後、杉本はしんみりと言った。

「熊野の山奥で長続きする方がおかしいんじゃ。義夫の選択は正しかった」

杉本は筏師を早く見限って製材業を起こした。島田のパルプ会社の株主にもなり、山林も所有していた。

杉本は幸吉に酒を注いだ。

「もうあかんぞ」

幸吉はそう言いながら一気に飲んだ。

幸吉は国内外に出稼ぎに出た。国内では熊野川が主だった。鴨一は騒音だけがジェット機並みのジェット船に乗り、本宮の奥まで幸吉に会いに行ったことを覚えている。海外では鴨緑江へ行った。

「鴨緑江はおっきいど」

幸吉は帰る度にそう言った。

幸吉も杉本も陽が落ちると共に眠った。杉本の手の平はマメが潰れて痛々しかった。富士子は杉本の顔を心配そうに見ながら血の滲《にじ》んだ手の平にそっと触れた。

「父は仕事ばかりして体が心配。鴨一君のお父さんは私のことを向こう意気が強いと言ったけど、私は少しでも父の傍に居たいだけなの。ねえ、お父さん」

富士子は杉本に語りかけるように言った。杉本の鼾が一瞬止《や》んだ。

「私の年齢の時、父はもう仕事していたのね」

焚火に照らされ、血の気が戻った富士子が続けた。

はよう寝んか、明日が来るぞ。いつもならとっくに眠っている時間だったが、目が冴《さ》えていた。鴨一は木を焼べた。火が伸び上がった。

玄海の富士子を見る目が気になった。焚火に照らされた玄海の細い目は切なそうな光を帯び、富士子を盗むように見ては俯《うつむ》いた。見たこともない目の輝きだった。富士子はそんな視線を無視するかのように焚火の火を掻き混ぜた。鴨一も惹き付けられて富士子を見た。富士子の反応はなかった。

山の冷気が降りてきた。月明かりに照らされた穏やかな水面で水切りをした。地面に接するほどまでに体を折り、投げられた平べったい石はシュンシュンと切れの良い音を立てて水面を滑り飛んだ。鴨一は静寂の中で富士子と玄海のやさしい息遣いを聞いた。

「ガリガリ、島田へ行こう。姉ちゃんが島田はリベラルよと言ってた」

玄海が木を足した。火が勢いを戻した。

リベラル。その言葉には川根にはない開放感があった。鴨一は駿河湾を前にした豊かな島田の街を想った。

「そうよ。みんなで語ろうよ」

富士子も木を焼べた。火が盛り、灰がゆらゆらと舞った。

玄海は腹を出して眠っている。富士子は立てた膝の上に顎を当てて焚火を見ていた。

「ねえ」

と富士子が言った。

「なに?」

「さっき見てたでしょ」

「なにを?」

「恍《とぼ》けて……いやらしい目して私のこと見てたでしょ」

「そんなことない」

と鴨一は言った。顔が火照《ほて》った。

「私より背が伸びたら付き合ってあげる」

富士子は鴨一の耳元で囁《ささや》いた。

痛んだ藤葛を新品に替え、ぐらつく鈂を取り替えた。さあ出発だ。鴨一は棹を立てて河原の砂利を蹴った。水分を含んだ筏は重たそうに瀞場を離れた。

朝の陽差しはやさしかった。筏は上流から吹く風に乗った。今日の夕刻には島田に着く。島田に着けば夕陽に輝く駿河湾の浜辺に立ちたい。春江が通う高校を見たい。ごみごみした街中を歩き、出来れば映画を観たい。鴨一の興味はつきなかった。

鴨一は空を見上げた。どろっとしたぶ厚い灰色の雲が刻々と表情を変え、瞬く間に峡谷の空を覆った。湿気を含んだ生温かい風が上流から吹いてくる。霧《ガス》が音もなく峡谷の岩肌を舐めつくし、いつの間にか水面を延《は》った。視界が悪い。十メートル先がやっとだ。

静かだ。筏のぎしぎしという音だけがやけに響く。鴨一は棹を握りしめて下流に目を凝らす。疾風が突き上げた。

「来るぞ」

幸吉が叫ぶと同時に稲妻が走り、迅雷が轟《とどろ》いた。

「きゃあ」

富士子が悲鳴をあげた。ぽつりと大粒の雨がひとつ、鴨一の頭を打った。

それが合図のように上流から横殴りの雨が走ってきた。やさしかった川は牙を剥《む》いた。ごおごおと水が走る。断崖絶壁の岩肌に俄《にわか》の滝が出来た。支流からの濁流が合流して水は一気に太る。鉄砲水だ。

水面上に頭を出していた岩は瞬く間に沈し、中州の砂山が音を立てて崩れていく。逆巻く水が岩に砕け散る。

鴨一は興奮していた。血が騒いだ。知らず知らずのうちに舳先に立っていた。

「落ち着けよ」

鴨一の心を見透かすように幸吉が言った。鴨一はその声にはっとした。舳先の下は激流だった。恐《こわ》いと思った。たじろいだ。

「もうちょっと退《すさ》れ」

幸吉が冷静に言った。鴨一はゆっくりと舳先から遠のいた。

幸吉が叫んだ。瀬とは流れのきつい難所のことだ。水嵩《かさ》の増した瀬の流れは一層速くなり、

「大瀬やぞ」

川底は濁って見通せなかった。

大瀬の流れは乱れていた。筏は煽られ、跳ね上げられて木の葉のように浮いては沈んだ。幸吉は舵棒を小刻みに操った。利かせすぎると先床の速度が落ちて筏はくの字に曲がる。幸吉は流れを読みながら巧みに舵を切った。

どこに差せばいいのだ。鴨一は訳もわからずに濁った川底に棹を差した。棹はがつんと弾き返されて腕から全身に強い衝撃が走った。

「あかんぞ。今は差すな」

幸吉は冷静に言った。鴨一は慌てて棹を引き上げた。

瀬の流れは音もなく滑るようだった。鴨一は幸吉の舵捌《かじさば》きを固唾《かたず》を飲んで見守った。岩が迫る。激突すると感じた鴨一は目を覆った。舵が素早く動いた。筏は向きを変えて岩を掠《かす》め、再び流れを捉えた。

瀬の先には淵が待っていた。瀬の速い流れから澱《よど》んだ淵へ。流れは一瞬にして滞留した。淵に突入した。筏に急ブレーキが掛かった。筏は宙に浮いたかと思うと次の瞬間には舳先部分が水の中に沈んだ。振り落とされる。鴨一は咄嗟《とっさ》に宙に飛んだ。丸太の上で飛んだり跳ねたり逆立ちしたりを繰り返す鴨一には難しいことではなかった。

先床が水面に浮上すると同時に元の位置に飛び降りた。

淵には笹濁りの水が渦巻いていた。幸吉は舵棒を捏《こ》ね、杉本は櫂を絶え間なく漕いだが筏は一向に進まなかった。

「鴨一、舵持て」

痺《しび》れを切らした幸吉はそう言って水の中に飛び込んだ。鴨一は急いで二番床に移って舵棒を握った。右か左かに立つと言う鉄則は忘れなかった。手が震えた。

幸吉は立ち泳ぎをしながら先床の横腹に手を掛け、筏を下流へと押したがびくともしなかった。

「玄海、富士子続け」

そう言ったかと思うと杉本も飛び込んだ。富士子と玄海は顔を見合わせた後、肯き合って飛び込んだ。玄海はぐいぐい押した。富士子もばか力を出した。か弱い娘の力ではなかった。先床がのっそりと下流に向いた。鴨一はゆっくりと舵を切った。

雷が止み、一時降った雨は号令をかけたようにぴたっと止んだ。青空が戻り、気温も上がった。水はすぐには細くならなかったが、峡谷に落ち着きが戻った。鴨一はほっとして肩の力を抜いた。

いやな音だった。先床の藤葛が捩れ、ぎしぎしと音を立てて解《ほぐ》れ始めた。鈬が浮いてぐらぐらしている。

「父ちゃん、鈬が抜ける！」

鴨一は幸吉に知らせた。その時、鈬がシュッという風切る音を立てて鴨一の顔を掠めて飛んでいった。鳥肌が立った。鈬は一本抜けると次々に抜けていく。

「義夫、来てくれ」

と幸吉が喚《わめ》いた。杉本がすぐに駆け付けて藤葛を用意した。幸吉は舵棒を鴨一に任せて鈬斧を持った。

杉本は予備の藤葛を解れた個所に這わせ、幸吉はその上から鈬を打ちつけた。鈬は鈍い音を立てて丸太に喰い込み、瞬く間に修理は終わった。一秒を争う事態に息の合った作業だった。幸吉と杉本は何事もなかったかのようにそれぞれの持ち場に戻った。川幅が広くなっていた。

「鹿や、鹿」

鴨一が下流を指した。速い流れの中で首を持ち上げて目を見開いた鹿が岸に向かって泳いでいる。懸命に泳ぐ鹿は下流へ下流へと流され、岸へはなかなか辿《たど》り着けなかった。しばらくして持ち上げたが、その力は弱々しかった。頭が水中に沈んでもすぐには頭を上げられなかった。鹿は疲労していた。

「頑張れぇ」

富士子が身を乗り出して叫んだ。その声に鹿の反応はなかった。

「もう一頭いる」

玄海が岸を指した。岸に立つ鹿はきょとんとして流されていく鹿を見ていた。

「お父さん、助けてあげて」

富士子が悲痛な声をあげた。

「助けてやりたいがな」

「子供かもしれない。溺れるよ。助けなきゃ死んじゃうよ」

富士子は泣き出した。

「落ち着け」

杉本は富士子を座らせた。

「強い者は渡り切る。弱い者は溺れる」

幸吉は毅然《きぜん》として言った後、

「鹿に言うても仕方ないが、朝、雷が鳴る時は向こう岸に行ったらあかんのじゃ」

と続けた。それは鴨一達に言っているようだった。

下流にはごおごおと音を立てて水が吸い寄せられていく洞穴があった。鹿は魅入られたようにその洞穴に向かって流されていく。

「あぁ、だめ、だめ」

富士子は涙声になった。鹿はいやいやするように頭を上流に向けたが、抵抗もそこまでだった。洞穴に吸われていく。

「もう見るな」

幸吉は顔を伏せた。ごとっと何かがぶつかる音がした。クェッと鳴いたような気がした。鹿は忽然《こつぜん》と消えた。呆気《あっけ》なかった。富士子は泣き崩れた。

「もう終わりや。水が太うなかったら岸に戻れたのにな」

幸吉は前を見据えて言った。岸に立つ鹿は立ち尽くしていた。

真上にあった陽が傾いた。思った以上に時間が経っていた。

どどおーんどどおーんと下流が騒いでいる。腹にずっしり響く音だ。

「出合やぞ」

幸吉が叫んだ。出合とは本流と支流がぶつかり合い、鬩《せめ》ぎ合う場所だった。激しくぶつかり合った後の水は合流してひとつの川になって河口へと下っていく。

「伊久美《いくみ》もよく降ったな」

杉本が櫂を扱いながら言った。支流の伊久美川は川幅が狭く、水の勢いは強かった。堰《せき》られた大井川の流れは水嵩を増して澱み、笹濁りの水が深い淵を作っている。

筏は立往生した。筏の上に焦りがみえた。何とかしなければ。鴨一は意を決して逆巻く水の中に飛び込んだ。

水の中は突き上げてくる水の塊や、水温の低い伊久美川からの逆流水で冷え冷えしていた。体が硬くなり、思うように動かなかった。鴨一は今までにない恐怖を覚え、急いで水面に顔をあげた。複雑な水の変化に泳いでも泳いでも前に進まなかった。

死にもの狂いで泳いだという山中選手の言葉を思い出した。力が湧いた。鴨一はやっとのことで岸に辿り着いた。

「ロープ、ロープをくれ」

鴨一は肩で息をしながら叫んだ。ロープが投げられた。鴨一は悴《かじか》んだ手でロープの端を掴み、ぐいぐい引いた。

ロープがぴんと張った。ロープの引きの強さにつんのめり、そのままずるずると引かれていった。このままでは水の中に引き摺《ず》り込まれる。鴨一は岩場に足をかけて抵抗した。ロープを肩に担いだ。ささくれ立った繊維が肩に喰い込み、手の平にざらついた痛みが走った。引いた。びくともしなかった。

巨大魚と格闘しているようだ。鴨一は息を深く吸い、地に這い蹲《つくば》って渾身《こんしん》の力を込めて引いた。

「負けへんぞ、負けへんぞ」

鴨一は心の中で叫んだ。ロープを引く。引いては引き戻された。

鴨一は諦めなかった。ひたすら引いた。引き続けた。

手応えがあった。鴨一の体はゆっくりとだが確実に前に進んでいった。筏がゆっくりと岸に寄った。

「玄海、今じゃ」

と幸吉が叫んだ。玄海が岸に棹を差し、尻床まで全速力で走った。送り棹だ。筏が下流を向いた。舵が動く。櫂が水を切った。富士子も足を踏んばって棹を差し続けた。

筏は揉《も》まれ、軋みながら岸すれすれに下っていった。出合を越えた。本流と支流の流れを集めた川は一気に太った。

急に視界が開けた。断崖絶壁の厳しい景色は去り、山は低くなだらかになった。空は開けて陽の光が眩しかった。南風が吹いた。

肩の傷がずきずきした。手の平には血が滲んでいた。富士子は傷口に赤チンを塗った。傷口が滲《し》みた。鴨一は顔を顰《しか》めた。

「痛い？」

富士子が鴨一の顔を見て言った。富士子はふうふうと口を尖らせて傷口に風を送った。痛みが柔らいだ。

「ありがとう」

鴨一は礼を言った。

「俺もふうふうしてやろう」

玄海が傷口に息を吹きかけた。迷惑だった。富士子の匂いが飛んでしまった。もったいない。

「もう、いい」

鴨一は傷口を隠した。

風が海の匂いを運んできた。鴨一は唇を舐めた。しょっぱかった。さらりとした川根の風とは違っていた。

「駿河湾の風だ」

玄海が言った。

「故郷の匂い」

富士子はうれしそうに言った。富士子も玄海も舳先に立った。もうすぐ島田に着く。鴨一の心は躍った。

「浮かれるな。みんな元に戻れ」

幸吉は厳しい顔で言った。筏の上が再び緊張した。風がむっとした。川を跨《また》いで虹が掛かっていたが、見惚れる訳にはいかなかった。

虹の下には流れを塞《ふさ》ぐように、おむすび形をした一枚岩が立ちはだかり、正常な流れを阻止していた。川はL字に折れ、怒り狂った流れは一枚岩の壁に砕け散った。水しぶきが高く舞い、風が激しく吹いた。川の中には俄に出来た中洲が小さな山を盛っている。

勾配のついた流れに筏は更に速度を増して一枚岩の壁際へと押し付けられていく。下手をすれば壁に激突し、筏は木端微塵《こっぱみじん》だ。

「玄ちゃん！」

鴨一は玄海を呼んだ。玄海は筏の上を飛ぶように走ってきた。玄海も先床に陣取って棹を高々と持ち上げた。

L字カーブが迫る。幸吉は満を持して大きく舵を切った。鴨一と玄海は声を合わせ、心を合わせて一斉に棹を差した。鴨一の棹は確実に岩の窪みを突き、玄海の棹捌きも見事だった。杉本も富士子も差してはまた差した。筏は蛇行しながらL字カーブを掠めていった。

中洲が待ち構えていた。勢いのついた筏はガリガリと中洲の砂を噛《か》んでいく。先床の速度は俄に鈍り、筏はくの字に曲がる。鴨一と玄海はすぐさま中洲の上に飛び移り、筏の横腹をぐいぐい押した。渾身の力を込めた。筏は中洲を脱出した。

大井川の河口が見えた。幸吉は握りしめていた舵棒を初めて離した。岸に上がったが、足が地につかなかった。鴨一と玄海はその場に座り込んだ。幸吉は何も言わずに鴨一と玄海の肩をそっと叩いた。

「ごめんなさい。お父さんごめんなさい」

富士子は杉本の胸に顔を埋めて、わんわん泣いた。

「もういい、もういい」

杉本は富士子の髪をやさしく撫《な》でた。幸吉はたばこに火を点けた。


「島田へ行ったら、駿河湾の丸くて白い石を拾ってきてほしい」

佐喜はそう言って島田に行く幸吉に何度も頼んでいたが、幸吉は約束を守ったことはなかった。

鴨一は浜辺に立った。汐《しお》の匂いが鼻についた。木片《チップ》を蒸す臭いがした。真昼間の照り返しの強い陽差しが肌を刺した。小石に落ちた汗が瞬く間に乾いた。べた凪《なぎ》だった。

白くて丸い石は容易に見つからなかった。拾っては捨てた。目眩《めまい》がした。

鴨一は亀石に腰掛けた。峰々には雲海が立ち込め、島田の街も駿河湾も見えなかった。鴨一は冷たい水をごくごく飲んだ。

足をばたつかせた弾みにズボンのポケットの中でカチンと小さな音がした。その音は駿河湾で拾った二つの石が触れた音だった。鴨一はその石を取り出して手の中でもて遊んだ。生温かく手の平によく馴染むつるつるした石だった。
もう一度、手の中で鳴らした。カチンと乾いた音がした。鴨一はその音に促されるように立ち上がり、今来た山道を振り返った。山道はしんとしていた。鴨一は家路へと急いだ。

了

小説・随筆・紀行文部門

優秀賞

空《そら》を飛《と》ぶ男《おとこ》

宇《う》和《わ》　静《せい》樹《じゅ》

一

天明五年（一七八五）八月三日、児島塩《こじまえん》二千俵《ひょう》を積んだ海運丸《かいうんまる》は、備前《びぜん》児島の日比《ひび》を出発し、瀬戸内海を一路東に進路をとった。八月九日昼八ツ（午後二時）には、紀伊半島の先端をまわって太地港《たいじこう》に着いた。そこで水と食糧を補給した後、西廻り航路の難所のひとつ、熊野灘《くまのなだ》を北東に進んだ。

左手には太平洋の荒波に削られ、ごつごつとした岩肌が壁のように屹立《きつりつ》している。それらは自然の厳しさに耐え、なおもしぶとく生き抜く怪物のように見えた。幸吉《こうきち》の故郷・備前児島湾の長閑《のどか》で穏やかな風景とは大違いであった。

幸吉は、児島半島・八浜《はちはま》の出身で弟の弥作《やさく》と共に岡山城下で表具師をしていた。兄弟揃って腕のいい表具師として有名だった。ところが幸吉はあることがきっかけに、「空を飛ぶ」ことにとりつかれ、旭川《あさひがわ》にかかる京橋《きょうばし》の欄干から大きな鳥の羽状のものを身につけ飛んだ。そのまえから何度も夜に家の屋根から飛んでいた。それを見た民衆は鵺《ぬえ》が出たと騒ぎはじめた。すると今度はその鵺を見たいという民衆が河原に集まり、酒を飲んで騒ぐという事態になってきた。そして最後に京橋の欄干から飛んだとき、ついに世間を騒がせた罪で捕り方に捕縛された。その後岡山を所払いとなり、郷里の八浜に帰った。そのときちょうど、幼馴染《おさななじみ》でいまは廻船《かいせん》業を営んでいる富太郎《とみたろう》と会い、廻船に乗せてもらうことになったのである。

やがて船は上下に激しく揺れはじめた。幸吉は荒海の航海は初めての体験である。まもなく気分が悪くなり、嘔吐《おうと》を催してきた。屋倉内にいることに耐えられなくなり、急いで甲板に上がると船縁《ふなべり》で吐いた。しまいには胃液まで出た。

それを見た魁偉《かいい》な富太郎がやってきて、

「幸吉、大丈夫か。おめぇも意外とやわなんだな」

日焼けした顔にうすら笑いをうかべ、幸吉の背中を軽く叩《たた》いた。

「もう大丈夫だ」

青ざめた顔でやっと答えた。

「おい、辰次《たつじ》。下から塩水をもってこい」

近くにいた水主《かこ》の辰次に富太郎が命じた。

まもなくして辰次が塩水の入った椀《わん》をもってきた。

「幸吉、これを飲め。船酔いに効くから」

ごつい手で差し出した。

幸吉はうまそうに喉をならして、薄い塩水を飲み干した
「その名を轟《とどろ》かせた空飛ぶ表具師・幸吉も、これじゃ形無しだな」

富太郎が幸吉を見据えると、豪快に笑った。

諸国廻船の乗組員は、船頭の下に三役と呼ばれる舵取り（機関長）、親方（水夫長）、賄《まかない》（事務長）と、平の水主（水夫）、水主見習の炊《かしき》（炊事担当）から成り立っていた。海運丸は、船頭の富太郎が賄、吉兵衛《きちべえ》が舵取りと親方を兼務していた。平の水主は、児島生まれの常吉《つねきち》以下十一名、それに炊の平太《へいた》と新米の乗組員・幸吉を入れて合計十六名が乗り組んでいた。水主はみな若い者で構成され、いちばん年長が常吉の二十八歳であった。船頭の富太郎はまだ二十九歳という若さであったが、自分の船を所有し廻船業を営むやり手であった。親方の吉兵衛は乗組員のなかでいちばんの年長者で、今年四十五歳になる熟練者である。

吉兵衛はわずか十六歳で、江戸と三宅島《みやけじま》を行き来する渡海船で船乗りとなった。水主として乗り組んだ樽《たる》廻船から兵庫の廻米船へと経歴を積み重ねるうち、その舵取りの巧みさと大胆さで廻船乗りたちの間に、その名を轟かせるようになった。

駿河国《するがのくに》府中《ふちゅう》（駿府《すんぷ》・現在の静岡市）生まれの吉兵衛は、夜間航行はもとより、かなりの向かい風であっても「千鳥《ちどり》」と呼ばれるジグザグ帆走を繰り返し、ひとたび出港したなら途中で風待ちは極力控え、目的地へまっしぐらに突き進むのであった。

八月十日の早朝、海運丸は南西の順風に乗って紀州《きしゅう》・太地港を出航した。北東に進路をとり、新宮《しんぐう》沖からは高山《たかやま》、雲取山《くもとりやま》を目印に、その後は左前方に見える八鬼山《やきやま》を道標《みちしるべ》に志摩半島《しまはんとう》へと向かった。

吉兵衛は、若い水主たちに道標となる山々をよく記憶しておくように指導した。長年、照りつける御天道様《おてんとさま》と潮風にさらされ赤銅色に日焼けしたその顔には、自然の厳しさに耐え抜いた男の年輪を感じさせた。幸吉も真剣な眼差《まなざ》しで聞いていた。陸《おか》とは違って、海では山のひとつひとつが大事な道標になっていることに驚いた。

依然として南西の順風が吹いていた。志摩半島から遠州《えんしゅう》御前崎《おまえざき》までは海路で三十五里（約百三十七キロメートル）。このまま順風に乗って夜間航行を敢行すれば、明朝には御前崎沖を通過できる。

「富《とみ》さん、大王崎《だいおうざき》の安乗《あのり》には寄らず、一気に突き進みますぜ」

船頭の富太郎に吉兵衛が告げた。

「じゃ、夜間航行するというわけだな」

「へい、そういうことです」

「よし、それは親爺《おやじ》さんの判断にまかせるぜ」

富太郎はこれまで下関《しものせき》や九州を専門に廻船していた。江戸に向かうのは今回が初めてであった。三年前から富太郎の船に乗ってきた吉兵衛だが、全幅の信頼をおいていた。

太地で補給した水と食料は七日分だ。いたずらに安乗で時を無駄にするより、一気に遠州《えんしゅう》灘《なだ》越えをめざすほうが得策であるという、いつもの吉兵衛のやり方だった。

西廻りの難所といえば、熊野灘と遠州灘である。海難事故はここでよく起こった。それも大西風（北西季節風）が吹き抜ける十月から翌年一月に多発していた。大西風に吹き流されれば、沖を流れる黒潮《くろしお》に押しやられ、はるか太平洋上かアリューシャン列島へと運ばれていくのであった。そうなれば、舵《かじ》や帆柱が無事であっても緯度の知識がなければ帰ってくることは不可能で、そのまま消息を絶つことにもなった。

その夜、吉兵衛は船首の舵取の位置に立ったまま、頻繁に南の方角に視線をはしらせていた。時が経つにつれ増してくる蒸し暑さと、気圧が急に下がっているのを肌で感じ、不安がよぎった。

その不安は的中した。それは明らかに大風《おおかぜ》（台風）の予兆であった。夜明け近く、超人的な吉兵衛の視力が御前崎灯台のほのかな明かりをとらえた。そして南東の空が急変しはじめたのを見た。御前崎沖を通過しても、夜明けの兆候は全く感じられなかった。近くにいた辰次に、船室に置いている時計の確認にやらせた。吉兵衛は、英吉利《イギリス》渡来の直径三寸（約九センチメートル）余りの時計を持っていた。

戻ってきた辰次が、時計の短針は「6」を少し過ぎたところをさしていると告げた。

「やはりもう明け六ツ（午前六時）は過ぎている」

明けたはずなのにいまだ闇に覆われている空を見上げた。そこには見えていた北の星もすべて闇に覆われていた。

「辰次、水主たちをみな叩き起こし上に来るよう言え」

これからほどなくすれば、逆風に変わる。吉兵衛の鋭い嗅覚がそうとらえていた。

「みんなよく聞け。まもなく大風がやってくる。したがって逆風の千鳥帆走をしていく。これから言うとおりの配置につけ」

甲板に上がってきた水主たちに、吉兵衛がてきぱきと指示をした。

しかし、全くの素人である幸吉は、ただ見守っているしかなかった。

まもなくして順風だった南西の風が、急に北東の強い風に変わった。本来なら日が昇っているはずなのに、空一面が黒雲に覆われていた。北東の向かい風を受けて、海運丸の速度は明らかに落ち、しだいに風下へと流されはじめていた。御前崎沖一里の地点には御前岩と呼ばれている幅三十間（約五十五メートル）余り、長さ四十町（約四千四百メートル）にもおよぶ岩礁があった。遠州灘の難所だ。その岩礁が風下にあることは、風頼みの帆船にとって危険極まりないことだった。このまま行けば、座礁し破船するのは目に見えている。

吉兵衛は、舵を切って船首を東に向け、帆を右舷《うげん》いっぱいに開くよう命じた。同時に船首につけている補帆もいっぱいに開き、逆風帆走の態勢にはいった。海運丸は外洋に向かって進んでいた。

「親爺さん、陸地に寄せたほうがいいのでは」

富太郎が不安な面持ちで声をかけてきた。

「いや、それはだめだ。陸地に寄せようとすれば、大風に煽《あお》られ座礁しかねない。ここは逆に陸地から遠ざかり、外洋にでて大風を凌《しの》ぐほうがいい」

「そうかい。じゃ、まかせたぜ」

富太郎が納得して引き下がった。

風はまだそれほど強くはなかったが、北東からのうねりがしだいに大きくなってきた。船の揺れもそれに歩調を合わすかのように大きく揺れはじめた。

半刻《はんとき》（一時間）ほどすると、風は北北東に変わり、船は大きく縦揺れをしはじめた。風は一段と激しくなり、船が暴風圏に突入したのは明らかだった。船首の補帆を支えていた帆綱が引きちぎられ、激しい風に吹き飛ばされていった。船は木の葉のように揺られはじめた。それでも海運丸は逆風を凌いで外洋へと進んでいたが、明らかに速度は落ち、こんどは横揺れが激しくなった。ついにほとんど前に進まなくなった。そして波が船内に荒々しく入ってきた。

富太郎は幸吉もふくめた数名の水主たちと一緒になって、船内に入ってきた海水をくみ出す作業に取りかかった。

「はじめての航海で大風のおもてなしとは、おめぇもついてねえな」

富太郎が不敵な笑みをうかべ、幸吉に声をかけた。

「所払いのあとは大風か。おれはこのところ全くついてねぇや」

「空を飛ぶなどと莫迦《ばか》なことをするからだ」

「もうその話は無しだぜ、富太郎」

幸吉は苦笑いをして、富太郎を制した。

強風は海運丸の強大な帆柱をきしませ、不気味な音が吉兵衛の耳に響いた。これ以上の逆風帆走は無理だと判断した吉兵衛は、帆を下ろさせた。水主たちは、海運丸が黒潮に押し流され、はるか遠い見知らぬ所へもっていかれるのではないかという恐怖で、誰もが青ざめて必死に海水をくみ出していた。幸吉も初めての航海で、大風に見舞われるというとんでもない体験をすることになり、海の恐ろしさをひしひしと感じながら必死に海水をくみ出した。

吉兵衛は、海運丸が御前崎のほうへ押し流されることをいちばん心配していた。帆は下ろしても強風は帆柱に襲いかかり、船体を激しく揺さぶった。

吉兵衛は船首に立ったままでにぎり飯を頬張りながら、風向きが南に変わることをひたすら祈っていた。漂流しだしてから三刻（六時間）は経っていた。すでに太陽は真上に来ているはずなのにまるで夕方のように薄闇に覆われ、海上はいまだに深い霧が晴れず、暴風は雨をともない荒れ狂っていた。

半刻ほど過ぎた頃であった。風が少し南寄りに変わってきた。吉兵衛はこの機を逃がさず、すぐさまこの風を右舷に受ける処置に出た。外洋へ確実に脱出するには、そうする以外になかった。半ばまで上げた帆を真横に開いたまま、舵を右舷いっぱいに切った。しかし、船首は思うようには回らなかった。それでも舵をいっぱいに切り続けた。やがて右舷に少しずつ風を受けるようになり、海運丸は激しく波にもまれながらも、ようやく北東に進みはじめた。

帆走を続けること三刻、一度もお日様を見ることもなく日没になった。吉兵衛は一睡もせずずぶ濡れになりながら、海運丸を海難から救ったのであった。若い水主たちは憔悴《しょうすい》していたが、年配の吉兵衛だけはまだ生気にあふれ、てきぱきと指示をくだしていた。

この一日、乗組員みんなが食事は立ったまま、にぎり飯と沢庵《たくあん》を口にしただけだった。幸吉も船が順風帆走にはいってからやっと船室に降りていくことができた。そこで着替えをし、熱い味噌汁《みそしる》をみんなと一緒にすすった。それは、生き返ったような気持ちにさせてくれた。

しばらくして、吉兵衛が幸吉のところへやってきた。手には一尺（約三十センチメートル）余りの竹筒とその下に一尺四方の杉板が取り付けられた奇妙な物を携えていた。板には線が何本も引かれていた。

「銀払いの腕を見込んで、これと同じ物を作ってほしい」

「これは一体何ですか」

幸吉は素朴な疑問をぶつけた。

「これはな、あとでみんなに説明するが、今度のように嵐にのまれ方向がわからなくなったとき、進路を教えてくれる計測器だ」

「わかりました」

いざというときのために、幸吉は表具道具一式を船に持ち込んでいた。どこか見知らぬ所へ行きたくて富太郎の船に乗せてもらったが、しょせん自分は、ずっと船乗りでやっていける人間でないことはわかっていた。

富太郎は、実家が船主で子供のころから海と船に馴染《なじ》んで育った。幸吉の家は八浜で商人宿「桜屋《さくらや》」を営んでいた。しかし、幸吉が七歳のとき、父親が亡くなったため親戚の傘屋にあずけられた。その後、岡山で表具屋を営む叔父に引きとられ、そこで銀払いの表具師にまでなった。富太郎とは違い、陸暮らしの人間だった。

材料を受け取ると、幸吉は製作に取りかかった。岡山で有名な表具師であった幸吉にとってそれを作るぐらいは造作もないことだった。幸吉が作らされたものは、三十五度の仰角を測る簡便な六分儀《ろくぶんぎ》だった。北緯三十五度の地点で竹穴の真ん中に北極星をとらえれば、垂らした凧《たこ》糸《いと》が板の垂直線から三十五度の角度で引いた朱線と一致するようになっていた。

胴付鋸《どうつきのこ》を久しぶりに手にすると、一月ほど前まで岡山で弟の弥作と仲良く表具の仕事をしていたことが思い出された。弥作や叔父には今回の件で迷惑をかけてしまった。空を飛んで世間を騒がせたのは悪かったといまでも思っている。しかし、自分にはやむにやまれぬ事情があったのだ。「空を飛べ、空を飛べ」という声が、耳鳴りのように毎日体の内奥から聞こえていた。だから空を飛ぶ以外にその「内なる声」を鎮《しず》める方法はなかったのだ。最初の頃はまだ飛行距離が短かったため「内なる声」はすぐに再発した。しかし、最後に京橋の欄干から飛んだ距離は四十間（約七十三メートル）と、それまでをはるかに凌ぐものであった。あれ以来、「空を飛べ、空を飛べ」という「内なる声」は鎮まっている。このままずっと生涯再発しないでくれ。幸吉はそのことをいちばん願っていた。

幸吉が作り終えると、吉兵衛がみんなを集めて計測器の使い方を説明した。
「みな、わかったか。おれはこれからひと寝入りする。あとはお前たちが役割を決めてしっかりやるんだ。三十五度の位置に北極星が見えるところまで北に進路をとり、そこからは船磁石でひたすら西へ進むのだ。いいな」
それだけを言い残すと、吉兵衛は自分の寝床へ行った。

八月十三日の朝、浦賀の船番所前に千石積み弁財船《べざいせん》・海運丸が入港してきた。船番所前の波止内まで寄せると、碇《いかり》を下ろした。すぐに伝馬船で番所同心が乗りつけ、乗組員と積荷の検査を行った。検査はなんの問題もなく終了した。

二

天明七年（一七八七）、海運丸の舵取り兼親方の吉兵衛は四十七歳となった。荒波とともに過ごした半生だった。向かい風には殊に弱いといわれた弁財船を、千鳥帆走で切り抜けることができることを証明し、世に知らしめた。また陸地から遠く離れた沖乗りを実践することで、熊野灘から遠州灘への連続航海法も新たに打ち立てた。いまや廻船乗りの間では、吉兵衛は神に近い存在になりつつあった。廻船乗りとしては畑違いの、駿河国府中で薬種を商う家に生まれた吉兵衛だが、それまで常識となっていた弁財船の航海法を、画期的な方法に変更したのであった。

そんな吉兵衛の目に、一年ほど前から異変があらわれはじめた。十町（約千百メートル）先にいる者が手にしている物さえ判別できていた視力が落ちてきたのである。師であった三宅島渡海船の船頭、辰兵衛も視力の落ちてきた四十六歳で船を下りていた。

十一月の中旬、海運丸は遠州灘を越え伊豆半島先端の南側にある妻良湾《めらわん》に碇を下ろした。江戸に運ぶ塩千俵と晒木綿《さらしもめん》、燈油《とうゆ》を積んでいた。大西風がやってくる前の、この年最後の廻船であった。

妻良湾には南側に妻良港と、それに対をなす形で北側に子浦港《こうらこう》があった。妻良港は城米船（徳川領の年貢米運搬船）がよく入港していたため、なにかと煩わしいところがあった。そのため一般の廻船は子浦港を利用していた。したがって子浦のほうが繁栄していた。

富太郎をはじめとした海運丸の水主たちは、船宿・天満屋《てんまや》がさし向けた伝馬船に乗って子浦に上がった。本来なら直通で浦賀に向かうのだが、今回は舵取・親方の吉兵衛が船を下り陸に上がることになったため寄ったのであった。

この二年、吉兵衛は若い水主たちに己の持っている知識と技術すべてを教えこんだ。千鳥と呼ばれる逆風帆走を何度も試させ、習得させた。そしてなによりも大事な、はるか海上で進路がわからなくなったときの帰還方法を遠州灘で実地訓練をした。昼は太陽の高度で、夜は北極星の仰角から緯度を知る。そして時計を使って航行距離を逆算し、船磁石と回路図を照らし合わせ正しい航路をとるという理にかなったものだった。

「おれはこの度、視力の衰えと実家の事情により、船を下り陸に上がることにした。船主の富太郎さんをはじめみんなには大変お世話になった。ここにあらためてお礼を申しあげる次第です。どうかこれからも水主のみんなが富太郎さんを支え、ますます繁栄するように頑張ってもらいたい。本当に長い間ありがとうございました」

船宿の一室で吉兵衛がお別れの挨拶をした。

そのあと、吉兵衛の送別を兼ねた慰労の宴《うたげ》がひらかれた。

宴がはねて、吉兵衛が部屋で煙管《きせる》を使っているときだった。

「親爺さんに相談したいことがあってきたのですが、ちょっといいでしょうか」

幸吉がやってくると頭をさげた。

「おぉ、なんでぇ」

吉兵衛が煙管の雁首《がんくび》を煙草盆にうちつけると、幸吉を見据えた。

「実は、わたしはどうも船乗りの仕事にはむいていないようなので、いつか船を下りようと思っていたのです。今回ちょうど親爺さんが船を下りられることを知り、わたしも一緒に駿府へ連れていってもらえないかと……」

「ふうん、そうかい。それで駿府でなにをするつもりだい」

「はい。なにかをするといっても表具の技しか能のない人間なので、表具屋をはじめようかと思っております。わたしは、岡山を所払いになった身ですから、商いをはじめようとするなら誰かの伝手がないとうまく事は運びません。そこのところを親爺さんには迷惑をおかけしますが、お願いできないものかとここへやってきた次第です」

顔だけは一人前に日焼けした丸顔に、真剣な眼差《まなざ》しがあった。

「それはかまわんが、表具屋をね……。まぁ、表具の仕事だったらおまえさんにとっちゃお手の物だ。いいだろ。しかし、すでに駿府にも表具屋はあるからな。うまくいくかどうかだ。いずれにしろ手続きはおれがやってやるよ」

快い返事に、幸吉はほっとした。

どこかへ移住するとなれば、当然のことながらそれ相応の手続きが要る。まず、宗門人別改めの名目で、出生地、姓名、年齢、どこで何を生業《なりわい》としていたかを町名主に届けなければならない。また身元引受人も必要となる。駿府は、東照宮のお膝元であり、そう簡単に外部の者が入りこめる土地柄ではなかった。

しかし、吉兵衛が身元引受人になってくれるなら、なんら問題もなくなるような気がした。宗門改めは幸吉が船に乗るとき、富太郎が書式を調えてくれている。船手形には、備前児島郡八浜村出身・水主幸吉と記され、生家の檀那寺《だんなでら》である連光寺から、幸吉は切支丹《きりしたん》ではないという証書も添えられていた。岡山で世間を騒がした「空飛ぶ表具師」との因果を示すものはどこにもない。すでに遠く離れた地では、空を飛んだ表具師・周吾は岡山で打ち首になったという噂《うわさ》がひとり歩きをしていた。当時、幸吉は周吾と号していた。だから幸吉と「空飛ぶ表具師」が同一人物であることを知っているのは、駿府の地では吉兵衛だけということになる。

吉兵衛と話がついたあと、つぎは富太郎のところへ行き、事情を話し陸に上がる許可をとった。そしてみんなに別れの挨拶をした。

船乗りの仕事はきつかったが、楽しい思い出もたくさんあった。なによりも、右も左もわからぬ幸吉を周りの者たちが助けてくれたのが、いちばんうれしかった。一人前の水主にもなれないまま、途中で陸に上がるのは心苦しかったが、自分は海ではなく陸で生きるべき人間であることをつくづく感じていた。未練はなにもなかった。

吉兵衛の実家は、駿河国府中・江川町《えがわちょう》にあった。間口六間（約十一メートル）はあろうかというその薬種問屋には、山崎屋という屋号がかかっていた。幸吉が吉兵衛に連れられて、そこに着いたときは七ツ（午後四時）を過ぎていた。

山崎屋は長兄の吉三郎《きちさぶろう》が跡継ぎとして店を営んでいたのだが、今年の八月に亡くなった。兄夫婦には、跡継ぎとなる子供がいない。そこで次男の吉兵衛に跡をついでほしいという文が実家から届いた。ちょうどその頃吉兵衛は、視力の衰えを痛感し陸に上がることを考えていたので、実家からの要請に応えることにしたのであった。

幸吉は、自分の身の振り方が決まるまでの間、吉兵衛の家で居候《いそうろう》させてもらうことになった。吉兵衛は数日間、隣近所はもとより、町名主、商売関係者などへの挨拶廻りをこなした。

それらが一段落したあと、吉兵衛は幸吉に関する諸々の手続きをしてくれることになった。

駿府の城下は、幅六間（約十一メートル）もの広い道が碁盤状にはりめぐらされている。そのなかを東海道が貫いていた。江川町は清水港《しみずこう》から駿府城下へ入った東海道が、町の中心部にさしかかる最初の地点にあった。

江川町の名主はその名を庄野甚左衛門《しょうのじんざえもん》といい、町の中心部にひときわ目立つ大きな屋敷を構えていた。吉兵衛と一緒に屋敷を訪れると、中庭に面した客間に案内された。広い十畳の間には、床の間に山水画の軸がかかり、花瓶には花が生けられていた。

まもなくして、黒の羽織に黄八丈《きはちじょう》の小袖《こそで》をまとった名主の庄野甚左衛門があらわれた。肉厚の顔に、大きな目鼻立ちをしていた。

「あっしが身元引受人をつとめますので、よろしくお願い申しあげます」

この地に住むための手続き書を差し出したあと、吉兵衛が深々と頭をさげた。よこに並んで座っていた幸吉も同じように頭をさげた。

二人は紺と黒の袷《あわせ》に、木綿の羽織をまとっていた。幸吉の着物は吉兵衛から借りたものであった。

「ふむ……」

庄野甚左衛門は二重顎《にじゅうあご》に片手をあて、入念に書類に目を通した。

「老舗《しにせ》の山崎屋さんが身元引受人ということであれば、問題はないでしょう」

江川町では、山崎屋は信用されていた。

「あのぅ、ちょっとお聞きしていいでしょうか」

幸吉がよこから遠慮がちに町名主に口をはさんだ。

「なんでしょう」

じろりと幸吉を見据えた。

「この城下には、表具屋は何軒ほどありますでしょうか」

「表具屋ですか。二軒ありますがそれがどうかしましたか」

「いえ、わたしも表具の仕事をしようかと思っているものですから、ちょっと伺ったまでです」

城下に二軒もあるのでは、新規に自分が店を出してやっていくのは難しいと思われた。

「この男は船乗りをする前は、表具の仕事をしておりましたので、この度陸に上がることになり表具屋をするつもりでおるのでございます」

吉兵衛がよこから補足した。

「ほう、表具屋をね……。しかし、新たに表具の店を出しても顧客はすでに二軒の店に固まっていますから、やっていくのは難しいと思いますよ」

名主の率直な意見だった。

「どうするね、幸吉さん」

吉兵衛が幸吉に促した。

「……」

幸吉が思案していると、

「おまえさんが表具屋の雇われでもいいというなら、世話をしてもいいのだが」

意外なことを名主が言った。

「雇ってくれるところがあるのですか」

幸吉が膝を乗り出した。陸に上がると決めたとき、表具屋を自分でやると吉兵衛には言ったものの、それは簡単にはいかないだろうと思っていた。雇ってくれるところがあるなら、それでもいい。

「二軒あるうち、ちょうどこの江川町にある表具屋で欠員が一人出ているのだ。なんでも労咳《ろうがい》を患って最近一人がやめたらしい。おまえさんさえいいなら、わたしが話をしてもいいんだが」

「そうですか。それならぜひお願いします」

渡りに舟とはこのことだと思った。躊躇《ちゅうちょ》なく頭をさげた。

「では、明日にでもまたここへ来てくれるかね。きょうの夕方には表具屋に行って話をしてみるから」

「よかったじゃないか、幸吉さん」

吉兵衛が笑みをうかべた。

「それではお世話をかけますが、よろしくお願いいたします」

幸吉が深々と頭をさげた。

「あっしからも、よろしく頼みます」

吉兵衛もわが事のように、頼んでくれた。


その表具屋は、吉兵衛の家から十町（約千百メートル）ほど離れたところにあった。

店の構えはさほど大きくはなかった。屋号は巴屋《ともえや》といった。岡山の叔父がやっていたように、表具と紙屋を兼ねている店だった。雇われ人は、幸吉のほかには四十四歳の小柄な定次《さだじ》という男が一人いるだけだった。ともかく、名主の口利きですんなり雇ってもらえたことに、幸吉は安堵《あんど》するとともに名主に感謝した。

幸吉は元来、真面目《まじめ》な性格で責任感もあり、いい腕をしていたのでこれまでも立派な仕事をしてきた。それで岡山では弟の弥作とともに銀払いの表具師として有名になったのであった。

「おめぇさん、なかなかいい腕をしてるね。この間、豪商の橘屋《たちばなや》さんに掛け軸を納めにいったら、これまでの出来栄えとは違う、すばらしいと言って大変なお褒めをいただいたよ」

ある日、主の八兵衛《はちべえ》が幸吉の傍《そば》にやってくると言った。その掛け軸は幸吉が手がけたものだった。

「そうですか、それはよかったですね」

幸吉も褒められて悪い気はしなかった。しかし、それをよこで聞いていた定次は、すぐさま険しい表情に変わった。

その後も、幸吉が手がけた屏風《びょうぶ》や襖《ふすま》、巻物にいたるまで、顧客からは大変な評判を得た。

幸吉はいつまでも吉兵衛宅に居候しているわけにもいかず、自分で見つけてきた裏店に引っ越した。狭い土間とその奥に四畳半一間があるだけだったが、独り者の幸吉にとってはなんの不便もなかった。

ところがある日のことだった。

幸吉がいつものように紺の腹掛けに股引《ももひき》姿で、掛け軸の製作に取りかかっていると、肝心の糊刷毛《のりばけ》がなくなっていることに気づいた。

たしかに昨日仕事を終えて帰るとき、刷毛一式を道具箱に入れておいたはずなのに……。幸吉は首をひねった。

「あのぅ、定次さん、わたしの糊刷毛が見当たらないのですが、ご存知じゃありませんか」

隣で仕事をしている定次に訊《き》いた。

「なに、じゃこのおれがおめぇの刷毛を盗んだとでも言うのか」

ちょうど幸吉とは一回り上の定次が、いきなり目をつりあげた。

「いえ、そういう訳ではありません。きのうこの箱に直していたはずなのにないものですから、ひょっとして定次さんがなにか知っておられるかもと思い尋ねただけです」

定次とは隣合わせで仕事をしている。幸吉がいないときに、ちょっと道具を借りて使うということは十分考えられた。

「そんなもの、おれの知ったことじゃねぇや。変な言いがかりをつけやがると承知しねぇぞ」

定次がすごい剣幕で幸吉を睨《にら》みつけた。

幸吉がやってきた最初の頃は、なにかにつけ親切にしてくれていた。なのにこの頃ではなにかと幸吉に八つ当たりをするのだった。

「すみません」

腕は幸吉のほうがはるかに優れていたが、相手は一回りも年上のいわば兄弟子なのだ。どう考えても、定次がどこかへやったに違いないと思ってはみても、幸吉は自分が折れるしかなかった。親方に事情を言って、親方の道具を借りて作業を続けた。

その後も、定次の陰険な視線を常に感じながら、幸吉は仕事をしていた。

そしてついにある日の朝、二階の作業場に上がると、ほぼ出来上がった掛け軸の端が鋭利な刃物で切り裂かれていた。はじめから作り直さねばならなかった。客から預かった絵の部分に損傷はなかったのでそれだけは不幸中の幸いであった。

幸吉はその掛け軸の作り直しを終えると、ここは自分のいる場所ではないと思った。親方に辞めることを告げた。

三

江川町の西のはずれに、備前屋という大層評判の木綿屋があった。六年前に借家からはじめた木綿業は、店の主に才覚があったのか年を追うごとに繁盛し、いまでは土地ごと家も買い取り、間口八間（約十五メートル）もある立派な店になっていた。その主の名は、備前出身の幸吉といった。

幸吉は表具屋を辞めたあと、木綿屋をはじめたのであった。備前には有名な児島木綿があった。そのことから商いをしてみようと思いついたのである。現在扱っているのは児島木綿と尾《び》州《しゅう》知多木綿《ちたもめん》で、織りが丁寧なうえ晒し具合もよく、上質の河内木綿《かわちもめん》と比べても遜色《そんしょく》はなかった。店を広くしたのを機に、郷里の八浜から長兄の次男・幸助《こうすけ》を養子に迎え、奉公人も親戚筋から四名呼び寄せた。

ある日、名主の使いの者が幸吉をたずねてきた。用向きは家にある時計が毀《こわ》れたので直してほしいというものだった。幸吉は船に乗っているとき、大坂で英吉利製の時計を手に入れ、船の中で暇なときは分解したり組み立てたりしていたので、時計の扱いは心得があった。なにしろ八浜の子供の頃から、手先が器用なことで大人たちの話題にのぼるほどだった。両替屋の主が幸吉に毀れた時計を直してもらったと言っていたのを耳にし、町名主が使いを寄越したのだった。

幸吉が名主の家に行くと、中庭に面した居間に通された。まもなく紺の小袖に絹羽織をまとった名主の甚左衛門があらわれ、

「数日前、違い棚に置いている時計に手があたり下に落としてしまったのだが、それ以来動かなくなった。おまえさんは、時計も直す技もあると聞いたので、ぜひ直してほしいのだ」

そう言って、大事そうに径が五寸（約十五センチメートル）ばかりの丸い時計を差し出した。いろいろと世話になっている名主であるから、幸吉もいやとはいえない義理があった。

幸吉は文机《ふづくえ》のうえに広めの白紙を敷き、そこに時計を置くと、持ってきた道具箱からネジ廻しを取り出した。そして裏蓋《うらぶた》をはずし、中身を分解していった。

「歯車もゼンマイもなにも傷んではおりません。落としたときに、カギ竿《さお》がずれただけですよ。すぐに直りますから」

造作もないことだと言わんばかりの幸吉の物言いであった。

「ほう、中はこんなに入り組んでいるのか」

甚左衛門がめずらしそうによこから覗《のぞ》きこんだ。

幸吉はカギ竿のずれを直すと、外した部品をきれいに拭き、また元のようにてきぱきと組み

立てていった。そして油も適度にさした。

「もう大丈夫です。これは英吉利製でしっかりしており、なかなかいい時計ですよ。これからも大事に使ってください」

まるで時計屋の弁であった。時計はすでにチッ、チッと音をたて動きはじめていた。

「ほう。おまえさんは大したもんだね。表具の腕はいいし、時計の修理もできる……そうだ、おまえさんにもうひとつ頼みたいことをいま思いついたのだが……」

甚左衛門がふとなにかを思い出したという顔つきになった。

「なんでしょうか」

「実は来る五月五日の端午の節句に、駿府の地では安倍川《あべかわ》の河原で凧揚《たこあ》げ大会を毎年催しているのだが、わが江川町には凧作りの上手な者がおらんのだ。そこでいつもわたしは肩身の狭い思いをしている。どうだろう、おまえさんなら立派な凧を作り大空に高々と揚げてくれるような気がするのだ。引き受けてはくれないだろうか」

唐突な依頼であった。

幸吉の脳裏に一瞬、岡山での「鵜騒ぎ」のことがうかんだ。初めは近所の子供たちのために凧を作って、それを飛ばして一緒に遊んでいたのだ。ところがあることがきっかけに「空を飛べ、空を飛べ」という得体の知れぬ声が体の内奥から聞こえ出した。最初は耳鳴りかと思ったが、よく耳を澄ますと「空を飛べ、空を飛べ」と聞こえるのだった。それは毎日頻繁に起こりはじめた。悩み苦しんだ末、ついに大きな鳥のようなものを作り、それに体を括《くく》りつけ夜空を飛んだ。空を飛べば、その声は鎮まると思ったからだ。すると「鵺が出た」と世間が騒いだ。その罪として、岡山を所払いの刑に処せられたのである。

「わたしに凧を作れと……」

いやな予感がよぎるのを覚えながら、甚左衛門の肉厚の顔を見つめた。もう二度と凧など作らぬと心に誓っていた。

「そうだ。この江川町でこんなことを頼めるのは、もうおまえさんしかいない。昨年もわが町は一応大凧らしきものを作り参加した。ところがその障子戸まがいの大凧は三間（約五・五メートル）ほど揚がったかと思うと、頭から真っ逆さまに河原に叩きつけられた。竹骨は折れ、紙はちぎれて飛んでいくというなんとも無様な格好をさらしてしまった。もっとも凧揚げの連中は凧のことは二の次で、要は酒を飲んで騒ぐのを楽しんでいるだけなのだ。わたしはそれが腹立たしいのだ。他町が立派に凧を揚げているのを見るにつけ、なんとかしたいと歯噛《はが》みをしていたのだ。この気持ち、わかってもらえるかな」

幸吉には甚左衛門の気持ちがよくわかった。いまの店を大きくするときもお金を貸してくれたし、空家も世話してくれたのは名主である。断ることはできなかった。

「いいでしょう。わたしは岡山にいたとき、子供によく凧を作ってやったものです。して、どのような凧を作ればよいのでしょうか」

「それはおまえさんに任せる。できれば他町のやつらにあっと言わせるような凧を揚げてもらえば最高だがね。竹や紙などの材料はいくらでも用意するから、好きなだけ言ってくれ」

節句の凧揚げにかける甚左衛門の意気込みが、幸吉にもひしひしと伝わってきた。

「紙はすぐに破れるので、白い布を用意してください」

これまでの経験から、そう言った。

「よし、わかった。よろしく頼む」

甚左衛門の顔に笑みがうかんだ。

四月の十五日になったとき、荷車に山のように積まれた竹材と白い布が備前屋の店先に運ばれてきた。それを見た養子の幸助、番頭の平吉《へいきち》、手代の卯之助《うのすけ》と丁稚《でっち》の与吉《よきち》、吾作《ごさく》らは、一様に顔が青ざめた。みな岡山での幸吉による「鵜騒ぎ」の顚末《てんまつ》を聞かされて知っていたからだ。

彼らはこれまでも、この地で端午の節句に河原で凧揚げが行われていることは知っていたが、見て見ぬふりをしてきた。もちろん幸吉も同じであった。いまでは岡山を離れて以来、「空を飛べ、空を飛べ」という忌まわしい内なる声は鎮まっている。なのにまた凧を作り出せば、あの忌まわしい声がいつ再発するかもわからない。幸吉はそれを内心怖《おそ》れていた。「内なる声」については真相を周りの者には言っていないので、好奇心にかられて飛んでいたと思っているに違いない。しかし、実際は幸吉の日常生活をも脅かすほど深刻な問題であったのだ。

「こ、これは……」

幸助が青竹の山を見ると、顔色を変え奥の居間にいる幸吉のところへ飛んでいった。

「親父《おやじ》どの、いま店先に山のような竹材が入ってきましたが、まさかまた大凧でも作るんじゃないでしょうね」

その目には明らかに非難の色があった。

「もう入ってきたか。あれはこんどの五月五日の節句に揚げる凧を作る竹じゃ。名主に頼まれて断れなかった……」

幸吉の表情には、どこか不安の色がにじんでいた。

「やっぱり。それはお断りになったほうがよいと思います」

まだ十四歳の幸助が幸吉を見据えて、きっぱりと言った。

幸助は養子になるため備前を発《た》つとき、父親からはもちろんのこと、弥作叔父さんからも、

「いいか、幸助。あにやんはな、凧を作り出したらそれだけじゃすまなくなるのだ。突然自分が大きな鳥になろうとする病気があるんじゃ。決して凧など作らさないように、しっかり見張っておくのだ。こんど岡山の二の舞をやらかしたら、それこそ本当に打ち首になるやもしれん。わかったな」

こんこんと言い聞かされていた。

幸吉が捕らえられ入牢《にゅうろう》している間、弟の弥作や店の主・万兵衛《まんべえ》までもいろいろと取り調べられた。そして所払いの刑が申し渡されたとき、万兵衛は監督不行き届きとして過料を、弥作に

は口頭での叱責がなされた。二人は幸吉のために大変迷惑を被っていたのである。

「断ることはできん。名主さんは親も同然、いろいろとこれまで世話をしてもらっている。そのような薄情なことはしたくない」

幸吉も幸助を見据え、きっぱりと言い返した。

幸助は、親父が一度こうと決めたら覆すことはないのをよく知っている。

「わかりました。でも岡山のような自分が空を飛ぶなどという馬鹿なことだけはしないでください。いいですね、約束ですよ」

「わかった。岡山においても、おれは好きで飛んでいたのではない。下手をすれば命にかかわるようなことを、誰が好きこのんでするものか。もうあんなことはしない」

あの忌まわしい「内なる声」さえ再発しなければ、誰が飛ぶものか。幸吉は自分に言いきかせていた。

「好きで飛んでいたのではないといま言われましたが、それでは当時噂されていた世直しのため、岡山藩を批判するためだったのですか」

当時は全国的に飢饉《ききん》が発生しており、打ち毀しや一揆が起きていた。岡山藩においても、政《まつりごと》を司る連中は腐敗し、民は生活に苦しんでいた。だから「鵜騒ぎ」で河原に集まり酒を飲んで騒ぐ連中たちに、いつの間にか「鵜騒ぎ」を「世直し」と結びつけようとする風潮が生まれはじめていた。だから役所はそれを怖れて、ついに幸吉を捕縛したのであった。

「そんな大それた考えでしたのではない。これはまたいつか、おまえに詳しく話をするときがきたら話す。だからもう詮索《せんさく》はするな」

当時、「空を飛べ、空を飛べ」という内なる声が毎日頻繁に起きて、悩んだ末医者にも行った。しかし「それは気の病だ」と一笑に付された。幸助に真実を述べたところで、信じはしないだろう。幸吉はこの件に関しては、あまり話をしたくなかった。

「わかりました」

幸助は気落ちした顔で、部屋を出ていった。

奥の土蔵に竹と白布が運びこまれた。さっそくその日から、幸吉は凧作りをはじめた。

幸吉が作ろうとしているのは、畳十六畳分の大凧であった。駿府の竹は、節の隆起が少なく、強度に富んでおり上質であった。幸吉は土蔵横の空き地で製作をはじめた。

まず鉈《なた》で竹をてきぱきと割っていく。腕のいい表具師であった幸吉にとって、大凧を作るぐらいはさほど造作もないことである。岡山では翼が三間以上もある巨大な鳥の形をしたものを作り、飛んでいるのだ。

岡山でもそうであったが凧を作るときは、何かにとりつかれたように別人になった。飯は土蔵まで下女に持ってこさせた。髭《ひげ》と月代《さかやき》も三日に一度は剃っていたが、一切身なりにはかまわず髭と月代も伸び放題、頬はこけ、優しい目はうって変わり、まるで獲物を狙う鳶《とび》のように、鋭く爛々《らんらん》としてくるのだった。

雨の日は土蔵のなかで出来ることをこなしていった。やがて巨大な凧の骨組みがその全貌をあらわした。それは畳が十六畳もおさまるほどの四角い凧の化け物であった。骨組みができてからがまた一仕事が残っていた。それは白布に絵柄を入れることである。普通の者なら、町の絵描きに依頼するところだが、幸吉はすべてを自分でやってのけるのだった。白布を空き地にひろげ、炭でまず下書きをした。その絵はなんと武者の首絵であった。そして首の下には横書きの大きな文字で、江川町と書きこまれた。絵の色づけが終わってからまた一仕事があった。それは竹骨にきっちり縫い付ける仕事である。幸吉一人では大変なので、下女も呼んで手伝わせた。

ついにその月も押し迫った二十九日、武者絵の大凧が完成した。凧が安定して飛ぶための、布での尾ひれもつけられていた。鮮やかな色で描かれた武者絵は、兜《かぶと》をかぶりこちらを睨みつけるかのように、勇猛な顔立ちをしていた。子供のときから手先の器用だった幸吉は、絵の才にも恵まれていたのであった。

「うわぁー、こいつはすげえなぁ」

幸助をはじめ、店の者が交互にやってきて大凧に感嘆の声をあげた。髭と月代が伸び放題となった幸吉は、すっかり人相が変わっていた。そしてこの日、きれいさっぱりと剃り落とし、元の幸吉に戻った。五月五日まで少し間があるので。雨に濡れぬよう二階建ての土蔵の軒下に立てかけた。

次の日、大凧が完成したのを耳にした名主の甚左衛門がやってきた。

「ほう、これはすばらしい。さすがはわたしが見込んだ幸吉さんだ。これなら他町のやつらをあっと言わせることができるわい。幸吉さん、礼を申しますぞ」

満面に笑みをうかべ、帰っていった。

四

いよいよ五月五日がやってきた。朝から凧と野宴用の酒と肴《さかな》に弁当、それに鉦《かね》や太鼓、莫蓙《ござ》などを積んだ荷車がつぎつぎと河原に集まってきた。見物客も大人から子供まで大勢が三々五々にぞくぞくとやってきた。昼前になると、競うように各町の大小の凧が揚げられていった。しかし、まともに揚がっているのは普通の小型の凧ばかりで、ちょっと奇をてらった変形凧や畳六畳ほどもある大型の凧は、五、六間（十メートル前後）も揚がったかと思えば、すぐに真っ逆さまになって河原に打ちつけられていくのだった。そのたびに鉦や太鼓が激しく打ち鳴らされ、酔っ払いたちの野次と歓声が河原に響き渡った。

「名主さん、うちの大凧はいっこうに姿をあらわさんが、一体どうなっとるんかの」

前評判の高い江川町の大凧を見物しようと集まってきた町民のあいだから、不安の声があがった。

「心配せんでもええ。もうすぐやってくる。真打ちはいちばん最後に出てくるものじゃ」

車座で町民たちと一緒に酒を飲んでいた名主の甚左衛門が、一同を見渡し悠然と答えた。甚左衛門には幸吉の考えがわかっていた。

各町の大凧が、みな竹骨の折れた無残な姿をさらけだし、酔っ払いたちの喧騒《けんそう》だけが渦巻いていた八ツ半（午後三時）頃になって、やっと江川町の大凧が二台の荷車に載せられてやってきた。江川町の町民たちからどっと歓声があがった。他町の酔っ払いたちが、一瞬きょとんとして歓声の先にある巨大な凧に目をやった。

「なんだありゃ、凧の化け物じゃねぇか」

いままで見たこともない巨大な凧に、みなの顔が引きつった。

本日の大凧揚げには幸吉の店の者はもちろんのこと、名主によって町内の若い衆二十名が動員されていた。

観衆たちの見つめるなか、幸吉は木綿の単衣《ひとえ》を尻からげにし、そのうえに揃いの藍染印半纏《あいぞめしるしばんてん》をはおり、股引に手甲《てっこう》、脚絆《きゃはん》、草鞋《わらじ》姿で颯爽《さっそう》と土手の上に立った。風を読むためである。ここがまず他町の連中とはすでに違っていた。大凧になればなるほど、揚げるときの風が大切なのである。数日まえから幸吉は河原に足を運び、どの時間帯が大凧を揚げるのにいちばん良いかを把握していた。

その間、引き揚げ役の若い衆たちは荷車から大凧を降ろし、幸吉の合図ですぐに揚げられるよう準備をした。

やがて日が少し傾くと、川下から風が吹き上げてきはじめた。幸吉は、河原の淵に群生している葦《あし》のそよぎ具合にじっと目をこらしていた。しばらくすると、葦が激しく波打ちはじめた。

「いまだ！　凧を揚げろ！」

幸吉の大声がとんだ。

「おおっ」

揃いの印半纏にねじり鉢巻姿の若い衆たちが、一斉に太い綱を引っぱると同時に駆け出した。大凧は強い風にあおられ浮き上がった。

そして見る見るうちに、大空に舞い揚がっていった。

大勢の観衆たちのあいだから、どよめきが起こった。大きな武者絵は天空から群衆たちを睨みつけながら、悠然と風に乗って舞っていた。その勇猛で凛々《りり》しい顔の下には、「江川町」の文字がはっきりと読みとれた。

「どうだぁ、見たかぁ、これが江川町の大凧だ！」

名主の甚左衛門が立ち上がって、大声をはりあげた。

「こいつはすげえや、こんな大凧ははじめて見たぜ」

「備前屋はたいした男だ」

町内の観衆たちが口々に感嘆の声をあげた。

他町の酔っ払いたちも、あっけにとられた顔でただ呆然《ぼうぜん》と大凧を見つめていた。

「幸吉さん、派手なことをやりなすったな」

背後からの声に幸吉が振り向くと、海運丸の舵取り・吉兵衛が立っていた。

「これはこれは吉兵衛さん、お久しぶりです」

幸吉が会釈をした。

「きょうはおまえさんが作った大凧が揚がると聞いたもので、これは見なくちゃならねぇとやってきたんだ。さすがは銀払いの表具師だ。見事なもんよ」

かつての廻船の神様も頭はほとんど白くはなっていたが、日焼けした顔にはまだ鋭い眼光をたたえていた。

「ありがとうございます。わたしの作った大凧をゆっくりと見てやってください」

そこへ名主の甚左衛門が人をかき分けてやってきた。

「いやぁ、幸吉さん、ほんとにきょうはありがとうよ。わたしゃ、鼻、高々だ。こんなにうれしいことはないよ。これで他町のやつらを見返してやることができた。さぁ、下で一緒に飲もう」

河原に下りていくと、幸吉はみんなから拍手と歓声に迎えられた。

大凧は日が西に沈む頃まで、大空を舞っていた。

端午の節句の凧揚げ大会は、江川町の圧勝に終わった。幸吉はまるで英雄扱いだった。江川町の人々は口をひらけば、誇らしげに幸吉のことを話題にした。これまでろくに挨拶もしなかった連中までが、笑みをうかべ向こうから挨拶をしに近づいてきた。

それは幸吉にとってうれしいことではなかった。岡山での苦い記憶がよみがえるからだ。岡山で幸吉が捕縛されたときも、民衆から非難されるのではなく反対に拍手喝采で、まるで英雄扱いだった。それは幸吉には奇異に映った。自分は、藩政を批判するために空を飛んだのでもなんでもなかった。ただ、個人的な事情でやむを得ず飛んだにすぎない。それが全く別の思惑で一人歩きしていたのだ。

今回の大成功が自分になにをもたらすのか。考えると、なにか不吉な予感がして気がふさぐのだった。心配していた「空を飛べ、空を飛べ」という内なる声はいまのところ再発はしていない。

しかし凧揚げ以後、幸吉は店の仕事にも気が入らず、内庭の広縁に座ってぼんやりとしていることが多くなった。

「親父どの、どこか体の具合でも悪いのですか」

幸助がそんな幸吉の姿を見て、不安げに訊《たず》ねた。幸助にすれば、「鵜騒ぎ」の病気がまた出てきて、そのことを思案しているのではという心配があった。

「いや、どこも悪くはない。いらぬ気を回さなくともよい。そんなことよりおまえも来年は十五になるのだな」

「はい、そうです」

「年が明けたら、元服の儀をとり行い、店もおまえに譲ろうと思っている。もうわたしが傍にいなくとも、しっかりした番頭もいることだしやっていけるだろ」

　少し前から考えていたことだ。最近、店の仕事にあまり気が入らなくなったことで、殊更そう思うようになってきた。

「まだ家督を継ぐのは、早いと思いますが……」

「そんなことはない。わたしから見ても、おまえはしっかりしている。私が隠居したとて、いっさい面倒を見ないというわけではない。おまえが本当に一人前の主になるまでは監視しておくつもりだ。年が明ければそうするから、心しておくように」

　幸吉は昨年虫歯になり、歯医者に通ううち医者とすっかり懇意になり、入れ歯の技巧についてもいろいろ教えてもらった。そして家でもひそかに入れ歯作りを自分で試していた。生来の手先の器用さが、頭をもたげたのである。だから、隠居したらいつか木綿業とは全く違う新たな仕事、入れ歯師に挑戦してみようという気持ちがあった。

「はい、わかりました。これは別のことですが、今回大凧を揚げられたことで、また空を飛ぶなどという気は夢にも起こさぬようにお願いをしておきます」

しっかり者の幸助らしく、幸吉に釘《くぎ》をさすことも忘れなかった。

五

年が明けて幸助の元服をすませると、幸吉は公言していた通り町のはずれに一軒の空家を買い店を構え、そこへ一人で移り住んだ。店の名前は「備考斎《びこうさい》」であった。幸吉が得意とする手先を生かした時計修理と入れ歯師の店である。

駿府はかつて東照宮が在城のときは、十万を超える人口を有していたが、いまでは二万にも満たなかった。だから空き地に空家はたくさんあった。

入れ歯の知識は、岡山で表具の仕事をしているときも出入りしていた入れ歯師から手ほどきを受けたことがあり、今回はじめてというわけでもなかった。手先の器用さを必要とする仕事には、すぐに触手を伸ばす性癖があった。

入れ歯は黄楊《つげ》の木を材料にした。粘土で抜けた歯の歯茎の型をとり、それに合わせて黄楊材を丹念に削り作るのだった。幸吉の作る入れ歯は歯茎にぴったりと合い、物を噛んでも痛くなく、まるで自分の歯のようだと評判になっていった。評判は噂でしだいに広まり、患者は駿府以外からもやってくるようになった。

ある日、名主の甚左衛門が入れ歯をしてもらいにやってきた。

「全くおまえさんには参ってしまうな。なにをやらせても人を唸《うな》らせるのだからな。わたしは五十年以上生きているが、おまえさんのような器用な人を見たことがないよ」

今年で五十一歳になる名主は、昨年凧揚げが終わったあと息子に家督を譲り、いまでは楽隠居である。

「それほどじゃありません。買いかぶりというものです」

幸吉は照れ笑いをした。

甚左衛門の歯茎の型をとり終えると、幸吉が言った。

「つぎは五日後にまた来てください。調整をしますから」

「わかりました。ところでおまえさん、いまだに独り身ではなにかと不便だろう。もう歳は四十一だな。なぜ嫁をもらわないのかね」

いまでは気心の知れた間柄である。甚左衛門が遠慮なく踏みこんできた。それは甚左衛門でなくとも周りの者なら誰しも抱く疑問であった。

「もう一人暮らしは慣れていますから、このほうが気楽でいいですよ」

幸吉は笑って誤魔化《ごまか》したが、本心ではなかった。岡山で銀払いの表具師になったときも、主の万兵衛から縁談をもちこまれたことがある。幸吉とて人並みの家庭をもちたい気持ちはあった。しかしそのときすでに「空を飛べ、空を飛べ」という内なる声に悩まされていた。声が頻繁に発生すると、体の神経が逆撫《さかな》でされるような不快感におそわれ、頭痛がしはじめ仕事もままならぬときがあった。だから、忌まわしい声が完全に消えぬ限り、幸せな結婚生活もあり得ないことは分かっていた。そのため、これまでいくつかあった縁談の話も断ってきた。そしていつの間にか一人暮らしがあたりまえのようになってしまった。だから「気楽でいい」と言ったのは半分は本心でもあった。

「独り者はたしかに気楽だろうが、わたしに言わせればその人間がどんなに優れていようと、妻を迎え家庭を築いたことがないなら、それはまだ一人前とはいえないような気がするのだ」

本人を前にして、言いにくいことをずばりと言った。

幸吉はそのとき甚左衛門が発した「まだ一人前とはいえない」という言葉が強く胸に刺さってきた。岡山を所払いになってからこの十二年間、あの忌まわしい「内なる声」は再発してはいない。もうあの声は、旭川の欄干からそれまでの一番長い距離を飛んだことで消えてしまったのではないか。昨年の大凧を飛ばしたあとも再発はない。おれはあまり神経質になりすぎていたのかもしれない。一瞬、後悔めいたものが脳裏をかけぬけた。

「どこかにいい人でもいませんかね」

半分冗談めかして言ってみた。

「おお、いるとも。おまえさんさえその気があるなら、明日にでもここへ連れてくるよ」

冗談で言ったつもりが、本気になってしまった。顔の広い名主なのだ。そんなことはお手の物であった。

「いきなり結婚というのは……。下働きでもいいという女がいればそちらのほうをお願いしたいのですが」

とうとう甚左衛門に気圧《けお》されて、幸吉は本音をもらした。だが、いきなり結婚というのにはまだどこか引っかかるものがあった。店が繁盛しはじめてから仕事が忙しくなり、炊事、洗濯といった家事を最近重荷に感じていた。掃除は何日もしていない。だから家事をしてくれる者がいれば助かる。

「ほう、結婚はどんな女かじっくり見定めてからというわけだな。きっちりとした仕事をするおまえさんらしい。よし、わかった。もちろん通いということになるがいいな」

「はい。通いで来てもらえれば十分です」

話はとんとん拍子に進んでいった。

翌日の昼八ツ（午後二時）頃、甚左衛門が一人の女を連れてきた。女は美人というほどではなかったが、色白でしもぶくれのどこか愛らしい顔をしていた。歳は二十八で婚期はとうに外れていたが、それは年老いた父親の看病のためにそうなったのだということだった。二ヶ月まえに父親が亡くなり、親一人子一人だったため可哀相《かわいそう》に思った甚左衛門が嫁入り先を探していたのであった。女の名は千代《ちよ》といった。

さっそく次の日から、千代は明け六ツ（午前六時）にはやってきて朝餉《あさげ》の支度、食事が終われば掃除、洗濯をてきぱきとこなしていった。

千代の住まいは五町（約五百五十メートル）ほど離れたところにある裏長屋だったので、歩いてもさほどの時間はかからなかった。

家事をすませて手すきになると、幸吉の仕事場にやってきてめずらしそうに入れ歯作りや時計の分解修理をながめたりした。そして暮れ六ツ（午後六時）には帰っていった。

そんな毎日が過ぎ、幸吉と千代はしだいにうちとけていった。働き者でよく気のつく千代を幸吉は好ましく思うようになり、千代のほうも優しい幸吉にますます献身的になっていった。最近では入れ歯作りのとき、幸吉の助手的なことまでするようになった。

備考斎には入れ歯の患者だけでなく、虫歯の治療を懇願する患者も多く来た。それらには灸《きゅう》や瀉血《しゃけつ》、薬物による対症療法をほどこすのだが、完治するのはまれで結局抜歯をしたあと入れ歯に頼ることになるのだった。

入れ歯といっても、部分と総入れ歯があった。総入れ歯だと上下一対で金二朱、材料に黒檀《こくたん》を用いたりすれば三朱の値段になった。

幸吉の義歯は、鯨骨《げいこつ》や蝋石《ろうせき》を本歯そっくりに削って作り、黄楊床にはめ込み穴を穿《うが》って組み込んでいく方法だった。そんな作業をするとき、千代は甲斐甲斐《かいがい》しく手伝ってくれた。

そんな生活が数ヶ月過ぎたある日のことであった。幸吉が仕事に追われてつい千代を帰すのが遅くなった。外はもうすっかり暗闇に覆われていた。

千代が身支度をして帰りの挨拶をするため、幸吉の傍にやってきた。

「それではまた明日参ります」

行灯《あんどん》に映し出された千代の愛らしい顔を見たとき、幸吉は千代をこのまま帰したくないという強い衝動にかられた。もちろん女に対してそんな感情がわいてきたのは、生まれて以来初めてのことだった。千代に対する、ほとばしるような愛情をもう止めることができなかった。

「おまえが愛《いと》しい」

そう言うなり千代を畳の上に押し倒していた。千代は最初、抗《あらが》う動きをしていたが、やがて幸吉のなすがままに受け入れていった。

「わたしの妻になってくれ」

終わってから、幸吉は千代の手をしっかりとにぎって言った。千代は恥らいながら、こっくりと頷《うなず》いた。


結婚の約束を交わしてから、数日が経ったある日のこと。

幸吉が黄楊の木を仕入れての帰り道であった。田んぼや畑が点在しているなかを歩いていると、大空に一羽の鳶が舞っているのが目に入った。それはとても懐かしい光景だった。思わず鳶に魅入られたが、すぐ反射的に目をそらした。忌まわしい記憶が喚起されたからである。

幸吉は子供のときから鳥を見るのが好きで、なかでも特に鳶が大空を悠然と舞う姿に魅入られていた。自分もあのように大空を飛ぶことができたらいいなぁといつも思いながらながめていた。岡山に移ってからもその異常なまでの性癖は変わらず、休みの日には一日中でも近くの蓮昌寺で鳶を眺めていた。そしてある日、鳶が急降下して幸吉の目の前を通りすぎた。最も近づいたとき、鳶の眼と目が合った。そのとき、幸吉のなかに何かが入った感覚を覚えた。いままで全く体験したことのない不思議なものだった。

翌日から「空を飛べ、空を飛べ」という内なる声がはじまったのである。このことは誰に言っても信じてはもらえないと、弟の弥作や親方にも黙っていた。しかし、その声は、しだいに頻度を増し、毎日まるで耳鳴りのように頻繁に体の内奥から聞こえてきはじめた。

耳を押さえてうずくまった幸吉を見て弥作が、「あにやん、どうかしたんか」と言ったこともあった。その都度、適当に誤魔化した。

こんなことが本当に起きるものなのかと悩んだ末、医者に行くと「それは気の病じゃ」と一笑に付されたのだった。

幸吉は鳶から視線をはずしたあと、不吉な予感を打ち消すように、足早に帰路についた。

六

次の日、幸吉の不安は的中した。「空を飛べ、空を飛べ」という忌まわしい声が、再発したのだった。それはまるで長い間治まっていた病気が突然再発したかのようであった。幸吉は激しく動揺し、わなわなと手を震わせた。

「幸吉さん、どうかしましたか。お顔の色が悪いようですが」

千代が、すぐ異変に気づいた。

「いや、なんでもない。ちょっと眩暈《めまい》がしただけだ」

なんという皮肉であろうか。千代を妻に迎えようと決めたとたんにこのざまだ。幸吉は肩をがっくりと落とした。

「仕事がとても忙しいから、疲れが出たのでしょう。少しお休みになったらいかがですか」

やさしい千代の言葉だった。

体を休めたからといってこれは治まるものではない。幸吉は、また空を飛ばねばならなくなったことを覚悟した。

岡山で最後に飛んだときの距離が約四十間（七十三メートル）ほどであった。それまではせいぜい二十間（約三十六メートル）そこそこだった。あの画期的な飛距離をうち立てたことで、忌まわしい「内なる声」は鎮まった。それ以来十二年間も再発しなかった。こんど飛ぶならあのときの二倍は少なくとも飛ばねばならない。それには強い風が吹き上げてくる場所と、岡山での欄干（高さ十メートルほど）の高さをはるかに超える小高い山から飛ぶ必要があると思われた。

さっそく翌日、千代には仕事の用向きだといって場所探しに乗り出した。十分な向かい風が得られ、しかも欄干よりもはるかに高い場所。幸助に一箇所だけ心当たりがあった。それは隣接する材木町《ざいもくちょう》の賤機山《しずはたやま》である。昨年に体力の衰えを感じ、時折山歩きをしていたことがあった。そのときの場所をふと思い出したのだ。

賤機山の中腹には、出張った大きな崖があった。幸吉は西側の材木町から登っていき、その崖の上に立った。遠くに安倍川が見え、崖の下には人家が点在し、その先には田んぼが広がっていた。

この崖の高さは、目測で約二十丈（六十メートル）はあると思われた。岡山の欄干に比べたら六倍の高さだ。この位置から十分な向かい風に飛び出せば、あの田んぼが広がっている盆地の真ん中あたりまでは飛ぶような気がした。そこまでは目測で二町（約二百二十メートル）はあると思われた。すると、岡山で最後に飛んだ距離が四十間（約七十三メートル）だから、約三倍の飛行距離となる。申し分のない距離だ。

折りしも、はるか安倍川のほうから川風が吹き上げてきた。幸吉は微《かす》かに笑みをうかべた。そのとき、「空を飛べ、空を飛べ」という忌まわしい声が、幸吉の内奥から耳鳴りのようにつき上げてきた。

いまに見ていろ、今度こそはおまえの忌まわしいその声を、おれの体内から完全に追い出してやる。いや、絶対に追い出さねばならない。愛する千代と己のために。幸吉は拳を固くにぎりしめた。

場所は決まったが、まだ問題が残っていた。この崖まで巨大な鳥の形をしたものをどうして運ぶか。そのまえにどこで製作するかという問題があった。

いまの自分の家で製作して運ぶのは不可能に近いし、なによりも人目につく。大切なことは、人目について騒がれることのないようにしなければならない。幸吉はしばし思案した。

そうだ、材木町の名主に頼み、賤機山の麓あたりに空家を借りることにしよう。幸いなことに、名主の清衛門《せいえもん》には一ヶ月前に入れ歯を作ってやり、知り合いになっている。

こうと決めたら行動は早かった。山を下り名主の清衛門の家に行って交渉した。すると、快く借家を紹介してくれた。入れ歯がいまではしっくり馴染み、ほんとに助かったと感謝の言葉まで述べてくれた。

その借家は、かつて百姓のかたわら笊職人《ざるしょくにん》も兼ねていた者が住んでいたという平屋だった。土間が広く十二畳はあった。今度は岡山のときより更に大きな、片翼だけで二間（約三・六メートル）はあるものにしようと思っている。土間の広い家は、製作にうってつけだった。

さっそく次の日には、竹屋に竹を運ばせた。まだ千代には知られたくなかったので内緒にした。千代が帰ったあと用意してくれている夕食をかきこみ、賤機山の借家へと向かった。材木町は隣町なので、歩いて四半刻（三十分）ほどで着くことができた。

夜間に作業するため、船乗りをしていたとき手に入れていた、ギヤマンの火屋《ほや》のついた渡来ものの燭台《しょくだい》を持ってきた。行灯などよりはるかに明るかった。幸吉はまず図面をひいた。それが終わると、青竹を鉈でてきぱきと割っていった。その間にも、忌まわしい内なる声は断続的に幸吉の神経を逆撫でした。頭もがんがんしてきた。そんなことと苦闘しながら、夜中まで作業を続けた。朝は明け六ツ（午前六時）の鐘が鳴るまでには元の家に帰った。

そんな生活を続けていたある日、幸吉がいつものように賤機山の借家にたどり着くと、家の前に一人の男が提灯《ちょうちん》を手にして立っていた。近づいてみると、なんと幸助であった。

「なんだ、幸助ではないか。こんなところにどうしたのだ」

「親父どのが最近、材木町に空家を借りて竹で何かを作っておられるようだと聞きましたので、また不埒《ふらち》な考えを起こされたのではないかと心配になってやってきたのです」

どこから知りえたのか、幸助はなにもかも見通しているような口ぶりであった。たぶん竹屋の、あのおしゃべりな使用人から聞いたのだろう。

「わかった。おまえに本当のことを話すときが来たようだ。中に入ろう」

いつかは知れることで、そのときが来たと思った。

幸吉は座敷で対座すると、岡山でなぜ身の危険もかえりみず、捕縛されるまで何度も空を飛び続けたのか、その真相を打ち明けた。

「おまえは信じないかもしれぬが、これは本当のことなのだ」

体の奥から「空を飛べ、空を飛べ」という声が聞こえるなど、誰も信じはしないだろうが、幸助には分かってもらいたかった

「……そんなことがあったとは……世の中には不思議なことがあるんですね……」

幸助も一笑に付すのではと思ったが、違っていた。幸助は言葉をつまらせながら、じっと幸吉を見つめた。

「忌まわしい声を今度こそは追い出すつもりだ。そのためには空を飛ばねばならぬのだ。いまおれはここで、岡山で作ったよりもひと回り大きなものを作っている。完成したら裏手の賤機山の中腹まで運ばねばならない。そこでひとつ頼みだが、そのときは店の者に手伝ってもらいたいのだ。いいだろうか」

「山の中腹から飛ぶのですか。それは極めて危険です。これまでは運よく足や顔の怪我《けが》ですんだでしょうが、今度は失敗すれば命を落とすことになるかもしれません。どうかそんな危険なことはやめてください」

幸助が真剣な眼差しで詰め寄った。

「おれはな、幸助。まだ誰にも言ってはいないが、いま下働きに来てくれている千代と一緒になることを決めた。だから千代のためにも絶対に成功させねばならんのだ」

「えっ、そういうことになっていたのですか。それなら尚更《なおさら》のこと、千代さんのためにも中止するべきです」

「いや、違う。忌まわしいこの声を追い出さねば、二人の幸せな生活もあり得ないのだ。だから二人のためになんとしても飛ばねばならぬ。わかってくれ。あぁ、いまもまた忌まわしい声が、耳元で呪いのように響いている。あぁ、この内なる声は他の誰にも聞こえず、おれだけを苦しめるのだ」

幸吉が頭をかかえた。

「親父どの、大丈夫ですか」

「あぁ、大丈夫だ。大丈夫です。心配をかけてすまなかった」

忌まわしい声が止んだのか、幸吉の顔が和らいだ。

「わかりました。そんな事情なら、もうわたしは引き止めません。今度の飛行を必ず成功させてください」

親父が一旦こうと決めたら、もう誰も止めることなどできないのは分かっていた。幸助は複雑な思いで、幸吉の手をにぎりしめた。

「おれが飛んだことがお上に知れ捕縛されたら、おまえにも迷惑をかけることになるかもしれぬが、そのときは許してくれ」

岡山のことがあるだけに、幸吉はそれを心配した。

「そんなことは気にしないでください。前例がある場合は処罰もそれに倣うはずです。親父どのはまた所払いでこの地を離れることになるでしょうが、わたしはせいぜい過料を納めればすむことです。そんなことより、成功させる自信はあるのですか。それがいちばん心配なことです」

「自信はある。きっと成功させる」
力強い幸吉の言葉だった。

七

また幸吉の苦闘がはじまった。巨大な鳥の羽の形に似たものを竹骨でつないだり交差させたりしながら、骨組みを作っていった。大きく三つの部分にわけて作る。運びやすくするためだ。翼は片翼ずつで二つ、胴体部分が一つである。それらを最後に崖の上で組むのだ。その段階ではもうさほどの時間はかからない。胴体部には幸吉が横になり体を括りつける木枠を取り付ける。翼には紙ではなく布を張ることにした。紙は破れやすいからだ。昨年の凧揚げに使った白い布がまだかなり残っているので、それを黒く塗って使うことにした。人目につきにくくするためだ。

広い土間で、紺の腹掛けに股引姿で夜も遅くまで製作に没頭した。

岡山でも弟の弥作が、ある日幸吉をたずねて驚いたように、製作に没頭しているときの幸吉の顔はまるで別人のようであった。ふだんは丸顔に優しい目をしている幸吉なのに、巨大な鳥を作っているときは、頬がこけ、無精ひげは伸び、鳶のような鋭い目つきになるのであった。

この借家で鳥の化け物を作っていることを、千代は全く知らなかった。千代に知らせれば、きっと泣きすがり止めようとするに違いない。幸吉はいらぬ心配をさせたくなかった。十月十五日、いよいよ空を飛ぶ日がやってきた。この日は店が休みにあたっているので、千代も店には来ない。

幸吉はできるものなら、周辺の住民に見られることなく飛行を成功させたかった。そうすれば、騒がれることもないだろうし、お上に知れて捕縛されることもなくなるからだ。夜に飛ぶのがいちばんいいのだが、ここは岡山とは違う。今回は二十丈（約六十メートル）もある崖の上から飛ぶため不安が大きかった。そのために薄闇が押しせまる暮れ六ツ（午後六時）時に飛ぶことを決めていた。それに、その時刻がいちばん風が強く吹いているのを把握していた。

朝の五ツ半（午前九時）には、幸吉の借家に木綿屋の幸助をはじめ、番頭の平吉、手代の卯之助と丁稚の与吉、吾作が集まってきた。みんな木綿着の尻をからげ、股引、手甲、脚絆に草鞋姿であった。腰には弁当をさげていた。幸助の木綿屋も今日は休みであった。

幸助たちと同じ格好をした幸吉が、用意した鉈と鎌を配った。いまから崖までの山道に出張っている木枝を打ち払うためと、崖上の整備をするためだ。

「よし、行こうか」

羊歯《しだ》や潅木《かんぼく》がせり出している山道を、鎌や鉈で切り払いながら登っていった。

崖の上にたどり着くと、秋晴れのさわやかな風が心地良かった。

遠くに安倍川の蛇行が見え、農家が点在する先にある田んぼは刈り入れも終え、藁塚《わらづか》があちらこちらに立っていた。

「ほう、ここから飛びなさるんか。これは度胸がいるのぅ」

丁稚の与吉と吾作が、崖から下を見下ろし小声でささやいた。

幅五間（約九メートル）、長さ十間（約十八メートル）ほどのほぼ平らな崖の上や、周りに伸びている雑草や羊歯類をきれいに刈り取り、躓《つまず》きそうな出っ張りは砕いてならし助走範囲を整備した。より遠くへ飛ぶためには、勢いよく助走する必要があった。

昼飯をみんなで車座になって食べた。幸助が幸吉の弁当も持参してくれていた。

「旦那さん、いまからでも思い留まることはできませんかの」

番頭の平吉が遠慮がちに言った。

「そうしてください。わしらからもお願いします」

手代の卯之助も哀願するように頭をさげ、丁稚たちも一様にお辞儀をした。

「おまえたちが心配してくれるのはありがたいが、幸助に話したとおりやむを得ぬ事情があるのだ。分かってくれ」

幸助から事情は聞いていたので、番頭や手代もそれ以上はなにも言わなかった。

一旦借家に戻ると、こんどは二人が一組になり、巨大な鳥の三つの部分を崖の上まで運び上げた。さっそく幸吉は三つの部分を組んでいった。岡山の橋の上でもやっているので、手馴れたものであった。半刻もかからぬうちに、巨大な鳥がその全貌をあらわした。

「これはすごいのぉ」

店の者たちが一様に感嘆の声をあげた。

「それではおまえたちは、親父どのが着地する予定の、あの田んぼの真ん中あたりで待機していろ。傷薬に膏薬《こうやく》、添え木に包帯を忘れずにな」

幸助が手代の卯之助以下の三人に、指示をくだした。幸吉がもし骨折や負傷をしたときのことまで想定して、幸助が準備をしていた。薬と備品は麓の借家に置いていた。三人は山を下りていった。

「さぁ、あとは風待ちだ」

幸吉が、遠くに見える安倍川のほうに視線をやった。成否の鍵は、安倍川から吹き上げてくる風にあった。いかに強くていい風が吹いてくれるかにかかっている。もし強い風が吹かなければ、今日は中止する覚悟でいた。崖の上で莨《たばこ》を吸い、世間話をしたりして時が来るのを待った。

やがて日が西の空に沈み、薄闇があたりに漂いはじめた。どこかから暮れ六ツ（午後六時）の鐘が聞こえてきた。そして川風も吹きはじめた。幸吉がすっくと立ち上がった。幸吉は慣れた動作で、胴体部の木枠のなかに己の身を入れると紐《ひも》で体を括った。

ついに巨大な鳥と一体になり立ち上がった。それはまるで巨大な怪鳥が満を持して、いまにも飛び立とうとしているかのようだった。すでに風は強く吹きはじめており、ばたばたと翼が風にはためいた。ややもすると後ろに押しやられそうになった。少し腰を落とし踏ん張った。幸助たちがあわてて後ろに回り支えた。風はますます強く吹き上げてきた。

「よしいまだ、飛ぶぞ！」

幸吉は大声で己に気合を入れると、崖の先に向かって駆け出した。巨大な黒い鳥はふわりと浮き上がった。あとは風に乗ってぐんぐん飛んでいった。

眼下に農家が見えた。もう作業をしている人影も見当たらない。黒い怪鳥は、夕闇の空をゆったりとした飛行にはいった。

「よし、いいぞ。このままはるか先まで飛んでいくのだ」

幸吉の目は爛々と輝きはじめた。そして、悠然と大空を舞っていた鳶と、いま自分は同化し得たと思った。

今回は予想以上に遠くまで飛ぶような予感がして、胸が高鳴った。

まもなく田んぼの上にかかってきた。同時に高度が落ちてきた。風が弱まってきたのだ。しかし、飛び立った地点が高かったのでまだ高度に余裕があった。手代たちの姿が夕闇のなかに黒い影となって見えた。すぐに手を振っているのが分かった。高度はもうかなり下がってきた。巨大な鳥は手代たちの頭上を通過すると、どんどん下がっていった。風はますます弱くなったようだった。

「もうすぐ着地する」

幸吉が着地の体勢に入ると同時に、巨大な鳥は田んぼに落下した。手代たちのいる地点より、十間（約十八メートル）ほど先まで飛んでいた。手代たちのところまでが約二町（二百二十メートル）だから、岡山での飛行距離の三倍強は飛んだことになる。手代たち三人がすぐに駆けつけた。片翼は付け根から折れていた。

「旦那さん、大丈夫ですか」

三人が一斉に声をかけた。

「あぁ、大丈夫だ。少し右足首をくじいたようだ」

毀れた木枠のなかで幸吉がうずくまっていた。手代たちが残骸をはねのけ、幸吉を抱き起こした。

幸吉は手代たちに支えられ立ち上がったとき、自分の体から何かが、抜けていくような不思議な感覚を覚えた。それは、岡山の蓮昌寺での体験とは逆のものだった。すうっと体の力が抜けていく感じであった。同時に、もう二度と空を飛ばなくてもいいのだという確信めいたものが内奥からわき上がってきた。幸吉の顔は夕闇のなかで、生き生きとしていた。

幸吉が田んぼに腰をおろすと、手代たちが足首に膏薬をはり、包帯で巻いた。包帯を巻いてもらうと、幸吉は立ち上がった。遠くの天空に星がひとつ煌《きらめ》いていた。

あの忌まわしい声に、自分は勝ったのだと思った。

八

翌日、何食わぬ顔でいつものように「備考斎」で幸吉は入れ歯細工をしていた。昨日空を飛んで以来、あの忌まわしい「空を飛べ、空を飛べ」という声はぴたりと止んだ。

千代は、昨日幸吉が空を飛んだことなど、夢にも知らなかった。ただ、歩くときに右足を少し引きずるようにするのを見て、

「足をどうなされたのですか」

心配げな顔で訊ねた。

「昨日、山で転んで足をちょっとくじいただけだ。心配はいらぬ」

千代に本当のことは言えなかった。ずっと隠しとおしていこうと思った。

次の日の夕七ツ（午後四時）頃であった。店の前がなにか騒々しくなった。何事かと幸吉が表に出ようとしたときであった。どやどやと数名の捕り方が入ってきた。白鉢巻に、襷《たすき》がけ姿で手には刺股《さすまた》を持っていた。

「備考斎幸吉とはそのほうであるか」

先頭の男が幸吉を睨みつけ、居丈高《いたけだか》に言い放った。

「はい。わたしでございますが」

農民に見られずうまくいったと思っていたが、やはり誰か見ていた者がいたのだ。

「一昨日の暮れ六ツ（午後六時）頃、賤機山の中腹にある崖から奇怪な鳥の形をしたもので飛んだであろう」

「はい、飛びました」

　こうなれば正直に言うしかない。

「神聖なるお山を冒涜《ぼうとく》した罪にて捕縛する」

　男が後ろに控えていた者に顎をしゃくると、たちまちの内に幸吉はお縄にかけられた。岡山では、世間を騒がした罪であったが、今回は神聖なるお山を冒涜した罪というところが違っていた。

　たしかにあの崖の裏手には、徳川家が造ったという浅間神社《せんげんじんじゃ》があり神聖な場所であるのは知っていたが、その裏手から飛んだことが冒涜の罪になるとは思いもしなかった。

　異変に気づいた千代が出てくると、

「幸吉さん、何があったのですか。どうしてお縄に……なにかの間違いでしょう……」

　いまにも泣き出しそうな顔で詰問した。

「すぐに戻ってこれるから心配しなくてもいい。事情はそのとき話すが、幸助に聞いてくれればすぐ分かる。ただ、人を殺《あや》めたり、窃盗などという卑劣な罪で捕縛されたのではないことだけは言っておく」

　幸吉は駿府城下の奉行所へ引っ立てられ、入牢生活を送ることになった。その間、千代や幸助、それに江川と材木両町名主にも役人による聞き取り調査が行われた。

十月二十一日の朝四ツ（午前十時）、奉行所のお白州《しらす》に後ろ手に縄を掛けられた幸吉が、二人の捕吏によって両脇をかかえられ連れ出された。お白州の上には粗莚《あらむしろ》が敷いてあり、そこに座らされた。つづいて前の町名主・甚左衛門と幸助、それに材木町の名主も幸吉の後ろに敷かれたもう一枚の粗莚に参考人として控えさせられた。江川町は本来なら代替わりしたいまの名主が呼ばれるところだが、幸吉と深く関わっていたのは先代の名主ということで、甚左衛門が呼ばれた。

幸吉は入牢生活で頬はこけ、不精髭と月代もかなり伸びていた。

しかし、目には穏やかでどこか晴れ晴れとした輝きがあった。

まもなくして裃《かみしも》姿の奉行・藤崎左衛門《ふじさきさえもん》が、口をへの字に結び一段高い六畳の間にあらわれた。それより一段低い八畳の間には、文机をまえにして右手に書役同心《かきやくどうしん》が二名、左手に吟味方《ぎんみかた》同心《どうしん》が二名、羽織袴姿で座に着いていた。

「これより、賤機山中腹より奇怪な鳥状のものを背負って飛び、神聖なる浅間神社を冒涜した罪で、備考斎幸吉の吟味をいたす」

重みのあるいかめしい声で、藤崎左衛門が口をひらいた。

幸吉が飛び立った崖の裏手には、三代将軍・家光《いえみつ》が造営した浅間神社があった。しかし、安《あん》永《えい》と天明に起きた火災でほとんどを焼失し、以後そのまま放置された状態であった。それが近年、再建話がもち上がり、先月老中より駿府城代に下知《げじ》がなされていたのだ。来年早々には起工式が行われることが決定していた。幸吉はそのことは知らなかった。だから、神聖なお山を冒涜したことによる罪が問われたのであった。

「そのほう、あの場所が神聖なお山であることを本当に知らなかったのか」

奉行の鋭い眼光が、幸吉に向けられた。

「はい、わたしは全く知りませんでした。知っていたら決してそのようなことはいたしませんでした」

即座に答えていた。全く知らないと言うのは嘘になる。しかし、ここはこれで押し通さなければならない。少しは知っていたなどと曖昧《あいまい》なことを言えば、どんな重罪にされるかもしれない。千代と己のためにもそれは避けねばならぬと思った。

「ふむ。してなにゆえに空を飛ぶなどという馬鹿げたことをいたしたのだ」

「はい。これは言っても信じてはもらえないと存じますが、わたしは子供の頃から鳶が空を悠然と飛ぶのに魅せられ、自分もあのように飛んでみたいと異常なほどに執着しておりました。ある日、その鳶が急降下して目の前を通りすぎたとき、何かがわたしのなかに入ったような不思議な体験をしました。それ以来『空を飛べ、空を飛べ』という声が耳鳴りのように毎日体の奥から聞こえ出したのです。医者にも行きましたが、気の病だと一笑されました。いろいろ悩んだ末、この声を鎮めるためには、空を飛ぶしかないと判断したわけでございます。そして空を飛んで岡山を所払いとなり、この駿府に縁あって住むこととなりました。長い間、鎮まっていた忌まわしい声が最近になってまた再発をし、やむを得ず飛んだ次第です」

幸吉は洗いざらい正直に申し述べた。

「ほほう、これはまた異なことを申すやつじゃ。体の奥から声が聞こえるとな。はっははは」

一笑に付されるだろうとは思っていたが、案の定であった。

「あの有名な『空飛ぶ表具師』とは、そちのことであったか。所払いになったことも伝え聞いておる」

さすがに奉行所だけに、打ち首になったなどという出鱈目《でたらめ》なことではなく、正確な情報をつかんでいた。

「ははっ」

幸吉は身を縮めて、頭をたれた。

「しかし、百歩譲ってたとえそのような声に悩まされていたとしても、神聖なる浅間神社がある御山を冒涜したことに変わりはない。それ相応の罪を覚悟しておけ」

幸吉が入牢している間に、幸吉の関係者からいろいろと聞き出し、詳しい調べはあらかたついていた。それは書役や吟味方の文机に文書としてまとめ置かれている。もちろん奉行も目を通している。幸吉はすぐれた入れ歯師としてちゃんとした職を持ち、患者の評判も良く、真面目で人望もある人物であることがわかっていた。

そのあと、吟味方による調書に基づく質問が、幸吉とその後ろに控えている三名にもあびせられた。そのなかで幸吉がいちばん世話になった甚左衛門が、擁護の弁を述べた。

「備考斎幸吉という人物は、この駿府に移り住んだときからなにかと付き合いをしてまいりましたが、徳川家にまつわる神社を冒涜するなどという不埒な人物ではございません。それは私が保証します。表具の腕は一流、凧揚げ大会では見事な大凧を作って飛ばし、町民に感動と勇気をあたえてくれました。その後の木綿業や入れ歯師としても町民から信頼され、評判の人物でございます。どうかそのことを勘案され寛大なご処置をお願い申しあげます」

それは偽りのない甚左衛門の気持ちであった。幸助も甚左衛門に劣らぬ弁護をした。

ついに幸吉に対する刑の申し渡しがなされた。


備考斎幸吉。此度《このたび》の浅間神社のお山冒涜の罪により、駿河国を所払いの刑に処す。ただし、財産は没収せず据え置くこととする。

ふつうは財産を没収されるのだが、幸吉の人となりが勘案され免れることができた。参考人として呼ばれた三名のうち、幸助には手助けをした咎《とが》で銀一貫文の過料が課せられた。番頭以下の使用人たちには、最も軽い叱責がなされ、両名主にはなんのお咎めもなかった。

幸吉はすぐに釈放された。

「幸吉さん、ほんとにご無事でようございました。事情は幸助さんからすべて伺いました。辛かったでしょう……」

幸吉を迎えた千代は、涙をうかべ幸吉にすがりついた。

「心配をかけてすまなかった。でも、もう二度と空を飛ぶことはないから安心してくれ」

今回は岡山での最高飛行距離の約三倍を飛んだのである。あの忌まわしい声は消滅したに違いない。幸吉は千代を抱きしめた。

「今回の件で、わたしは所払いの刑を受けた。まだどこの地へ移るか決めてはいないが、どこへ行くにせよ一緒についてきてほしい」

自分の妻は千代しかいないと思っていた。

「わたしはどこへでも幸吉さんについていきます」

千代が幸吉の目を見て、きっぱりと言った。

幸吉は、今度のことで迷惑をかけた両町の名主の家に、お詫びとお別れの挨拶に行った。そのとき、江川町の元名主・甚左衛門が、弟が遠江国《とおとうみのくに》の見附《みつけ》（現在の静岡県磐田《いわた》市）に住んでいるのでよかったら世話を頼んでやると言ってくれた。幸吉はありがたく好意を受けることにした。

海運丸の舵取りで、駿府の地へ連れてきてもらった恩人の吉兵衛の家にも挨拶に行った。頭は真っ白になってはいたが、まだ矍鑠《かくしゃく》としており、元気そうであった。

幸助に家や土地など財産の処分は依頼した。遠江国の見附でまた時計の修理と入れ歯師としての仕事を続けていこうと決心していた。

十月二十四日早朝、駿府の地を離れる二人の姿があった。一人は備考斎幸吉。もう一人はその妻・千代であった。妻の手をひく幸吉の顔は晴れ晴れとしていた。

了

小説・随筆・紀行文部門

佳作

鬼夢《おにゆめ》

松山《まつやま》 幸民《ゆきたみ》

夜中に義母の様子を見にいく。目覚ましをセットしなおしてもう一度眠る。うとうとすると夢に鬼が出てきた。鬼と言っても顔も体も普通の男性と変わらなかった。ただその表情と雰囲気が鬼だと感じた。白い百合《ゆり》を渡されその匂いを嗅ぐと、身動きできなくなり強く抱きしめられた。

「殺してしまいたくなるか自分が死にたくなるか、どちらかになる」

鬼はそう言って背に爪をめり込ませた。血が出ている感覚はあるのに痛みはなかった。それどころか逆に楽になっていく気がした。荒々しいのか優しいのかわからなくなった。義母を殺すはずがありませんと言いながらも、それ以外の抵抗をみせないわたしは、目が覚めるまで弄《もてあそ》ばれていた。

介護の毎日でまいってしまったのか、変な夢を見てしまった。夢から後、体の芯が熱いままだった。風呂掃除をしながら、洗剤を流す水が腕に流れ、その冷たさを心地よく感じた。でもその最中に義母がいなくなった。近所を探しても見つからなくて、夫に連絡してもつながらなくて、もっと探したほうがいいのかしばらく家で待ったほうがいいのか、結局どうしようもなくなり警察に連絡した。電話を切って三分もしないうちに、町の広報が鳴り響いた。

自宅の前でそれを聞いた。肩も首も震えるくらい力が入った。

「お尋ねします。伊織静子さんという、七十六歳の女の方が、今日の午前十時ごろ、自宅を出たまま、行方がわかりません。身長は百四十センチくらい、ベージュの長袖シャツで、グレーのズボンをはいています。お見かけになった方は、……」

初めてのことだったから、ご近所は集まってくるし、親戚から電話はかかってくるし、すみませんごめんなさいの連発でとても情けなかった。でも義姉《あね》からの連絡がなかったのはさいわいだった。もし義姉が聞きつけて家に来たら、わたしはしつこくなじられただろう。わたしは義姉に会いたくない。

義母は正午過ぎに、小学校のグラウンドで見つかった。お昼ごはんだから一緒に帰ろうと言うと、義母はわたしのことを泥棒だと言って警察官にしがみついた。笑って受け流すしかなかった。

義母がこうなったのは、三年前の骨折がきっかけだった。リハビリをして歩けるようになるまでに一年かかった。でもそのかわりに認知症が始まった。今まではおむつや食事の世話をしていればよかった。一緒に居さえすれば、他所様《よそさま》に迷惑をかけることもなかった。これからはそうはいかなくなる。

戻ってきた義母はこれ以上の集中力はないというくらい、無心に昼ごはんを食べている。玄関からダイニングにかけて小学校の砂がざらついていた。義母が食べているうちに掃除機をかけようと思った。掃除機のパワーを最大にしても、あの広報が耳にこびりついている。郵便配達が来た気がして掃除機を止めると、すぐ後ろに義母が立っていた。どうしましたかと聞いても、ニコニコしているだけで会話にはならなかった。

追われるように一日が過ぎてしまう。郵便受けを見るのを忘れていた。帰宅した夫が往復はがきをテーブルに置いた。郵便受けを確かめる人だとは思っていなかったので意外だった。

わたし宛ての同窓会の知らせだった。夫はそれを先に見たはずなのに何も言わない。その無言が、到底わたしは出席できないことを告げている。今日の着信の不在通知だって見ているはずなのに、何かあったのかとも言わない。夫婦関係がこじれてしまったのはわたしにも責任はあるけれど、ここまでになってしまうなんて予想がつかなかった。テレビを見始めた夫の横顔は義母に似ていて、今はこのままでいいと思ってしまう。

夫のご飯茶碗《わん》を洗いながら、わたしはスポンジを強く握りしめていた。落ちた泡の塊が、ゆっくり排水口に向かっていくのが不快だった。蛇口からいつもより多めに水を出し流し去った。

また朝が来た。寝ても疲れはそのまま残っている。寝る前に玄関のドアに貼ったガムテープを剥がした。朝刊を取りに外に出ると、初秋の青空に富士山がくっきり見えた。家は大仁《おおひと》の街並を見おろせる丘の途中にあって、正面遠くに富士山、その東側に箱根《はこね》の連山が見える。御殿場、裾野、三島、長岡と視線を寄せてくると、バイパスに並行して流れる狩野川《かのがわ》に重なる。葦《あし》の河原に朝靄《あさもや》がかかるときには、その西側に突き出た城山《じょうやま》の岩肌が神秘さを増す。水墨画に描かれるような雰囲気があって、嫁いできた頃は気に入っていた景色だった。でも今は違う。今日も一日が始まることを告げる嫌な景色でしかない。あちらにもこちらにも山が見える。東京で孤独に浸りきっていたときの、高層ビルの群れと何ら変わりはない。

いつも午前中に義母を風呂に入れる。今日の義母はとても素直に湯船につかり、わたしの言葉にも応対がある。斜め下に向けたわたしの視線の先に、鶏《とり》ガラみたいな体をした義母が見える。ずっと前に旅行した東南アジアのマーケットで、軒に吊《つ》り下げられた鶏を思い出す。脂身の匂いが鼻につくようで息を止めた。義母のつかった湯船はもう一度丁寧に洗い流す。わたしは今まで一度も、義母の入った後のお湯を使ったことはない。

風呂を終えた義母は仏壇や押入れの中身を広げ始めた。徘徊よりましだと思い、やりたいようにさせておいた。隣の部屋で洗濯ものをたたんでいると、手から茶色の濁液を滴らせた義母が、子供が泣くようにしてやってきた。

「このチョコレート美味《おい》しくない」

義母が口にしているのはリモコンだった。腐った電池から出た薬液が、義母のよだれに混じっている。わたしはそれを無理やり取り上げ、抵抗する義母の首筋を押さえつけるようにして洗面所に連れていった。口をすすがせ顔を洗おうとすると、義母は左手でわたしの背を掻《か》きむしった。

電池もリモコンも収集日まで日があった。水洗いしてティッシュで水気をとりながらキッチンへ行き、義母の手の届かない棚の上に置いた。

娘から帰宅が少し遅くなるとメールが来た。夫は先に風呂に入って寝てしまった。でも、今日もやっと終わる。背筋を伸ばそうとしたら腰が痛んだ。義母を引きずったのが原因かもしれない。お相撲さんくらいの体力がなければやっていけないと思ったとき、わたしはふと気づいた。

十年以上前、相撲を録画するか他の番組を録画するかで、まだ元気だった義母と小さかった娘が、チャンネルあらそいをしている情景。あのリモコンはその頃のものだ。棚からもう一度おろしてみるとその下になっていた同窓会のはがきも一緒にくっついてきた。テーブルに肘をつきながらふたつを並べると、記憶はもっと遡《さかのぼ》って自分の子供の頃を思い出した。

わたしの父は東京の旅行会社に勤めていた。伊豆には何度も家族旅行に来た。父は伊豆の旅館の経営者とつながりがあって、わたしが小学六年生の時、父は東伊豆にできたリゾートホテルの責任者に転職し、家族みんなで引っ越してきた。

最初は同級生たちになじめなかった。男子も女子もわたしよりずっとたくましいと感じた。夏は毎日海に出て、それも砂浜じゃない岩ばっかりの磯で、遠慮なく大きな火を燃やし、採った貝を焼いて食べていた。秋は山に分け入り山芋を掘ったりアケビを採ったり、簡潔に言えば採って食べることが遊びの本流で、わたしはなかなかついていけなかった。でも中学生になる頃には、気の合う友達が何人もできて、東伊豆の思い出は良いものばかりだ。

わたしはテニスに夢中だったから、恋とかなかったけれど、同じテニス部の男の子のことは少し気になっていた。夕方のグラウンドで、その子の影がわたしに重なっているのを意識して、自分はもしかしたらいやらしいのかもしれないと落ち込んだことがあった。同窓会には一度も参加していないけれど、その子は来るのかなと思うと、出席の返事を出したいと一瞬思った。

わたしは東京の大学に進学することになった。父も任された仕事を終え、みんなで上野に引っ越した。でもわたしが在学中に、父も母も急な病気で次々にこの世を去ってしまった。成人式に撮った写真が三人で写った最後になった。初出勤を祝ってくれる人は誰もいなかった。

今よりずっと景気がいい時代だったから、わたしは証券会社の受付に就職できた。生活に困る心配はなかったけれど、毎日がとても心細かった。就職二年目のとき、出張で本社に来た夫と知り合い、伊豆つながりの話をしているうちに深まった。それでわたしはこの大仁に嫁いできた。それからもう二十五年になる。

はがきからリモコンに目を移した。この本体の巻き戻し機能がおかしくなって、修理できればと思い電気店に行った。結局新しいのを買ったから、このリモコンもお払い箱になった。この家のリモコンは代々ピッピと呼ばれてきた。そういえばヒヨコだった娘はいつしか雌鶏《めんどり》に成長して、出勤は毎朝彼氏が迎えに来る。子供の年齢に自分を重ねると不思議な気持ちになる。

親ばかだけど、他の親たちより良い思いをさせてもらった。学校行事ではいつも娘の頑張る顔を見ることができた。夫は当時まだ珍しかったビデオカメラを回し、いつも笑顔で撮影していた。義母も一緒にそのビデオを見て喜んでくれた。こんなに良い場面を思い出せるのだから、まだわたしにも力は残っていると思った。

娘は零時近くになって帰ってきた。シャワーソープの匂いがかすかにしている。少しは後ろめたいみたいで、お茶をわたしに入れてくれた。

「お正月に同窓会？」

はがきを見た娘の頭の中で、正月休みの予定表がパラパラとめくられているようだった。一応はわたしの出席を考えてくれたらしい。返信先を見ながらママにも故郷があるんだねって言った。故郷の意味をどう解釈しているのかと思いながらも、わたしは何となく嬉《うれ》しかった。

わたしはそれまで、故郷というものを意識したことがなかったからだ。

「ねえ、このリモコン覚えてる？」

リモコンを娘の前に置いた。娘はそれを見てピンとはこなかったみたいだけれど、とても神妙な声で言った。

「人生、巻き戻しも早送りもできるんだったら、まったく苦労しないわよね」

あまりにも本音っぽい言い方だったから、わたしは久しぶりに声を出して笑った。

そのまま寝ずに義母の世話をしたときには、既に暗い自分に戻っていた。というより、わたしは頭がおかしくなっていた。キッチンへ行き、棚に置いたリモコンに新しい電池を入れ、それを持ち義母の部屋に戻り、眠っている義母に向けて早送りのボタンを押していた。我に返るとあの鬼の言葉が浮かんできて、わたしは何度もそれを否定した。

パジャマにカーディガンを羽織るだけだと冷えてしまう季節になった。先週から、夜中に義母の世話をした後は、布団に戻らず炬燵《こたつ》にもぐり込むことにした。温まるまで足を曲げてじっとしている。この夜明けより前の、野鳥の声さえ聞こえない静かな時間に、いずれ来る義母の葬式をイメージしてしまう自分も、本当の自分だと知っている。

喪服の親戚たちが棺を囲み、窓をのぞき込み手を合わせている。棺が炉に入れられ点火の音が一瞬聞こえて、何人かが咽《むせ》ぶ中でわたしもハンカチを目にあてる。青空に向かうかすかな煙と水蒸気が収まり、お骨を拾うとき、その灰の中から義母が大事にしていた指輪が出てくる。台座は溶けひしゃげている。それを見た義姉は声を上げて驚く。慌てた義姉の表情を見て、わたしのそれまでの苦労は昇華していく。

ヘルパーもデイサービスも利用できる今の時代に、わたしだけで義母の世話をしているのには理由がある。

わたしは両親が亡くなっていたし親戚付き合いもなかったから、たった一人で結納の席にいた。わたしが夫の親戚たちを前に初対面の挨拶をしたとき、義姉はわたしの顔をまじまじと見て、美辞麗句を並べたその最後に、でもあなた、何人か男、知ってるでしょうとさらっと言った。まだ若かったわたしは受け流すことも否定することもできなくて、しんとなったその場に義姉の笑い声だけが響いた。言い返したりできればいいのに、わたしは内に溜《た》めこむタイプだから、何かにつけて自分で自分を納得させてしまう。そのときも義姉はただ雰囲気を和らげたいだけで、悪気はないんだと言い聞かせて普通に会話を続けた。でもやっぱり、わたしはその時の恥ずかしさも孤独感も忘れられないできた。そして年月が経ち、義母が認知症らしいと夫が知らせた日、義姉はすぐにやってきて、義母の心配はそっちのけで夫とわたしを並べて言いきった。

「お母さんの指輪、私がもらうことになってるから。それに修善寺《しゅぜんじ》の貸家も」

義姉の言うことは何でも聞く夫で、そのときもすんなり納得したからがっかりした。指輪で仕返しをしようって意地悪なことを考えたのはその時だった。義母が眠っている間に箪笥《たんす》を探しそれを盗んだ。義母の最後の時にいっしょに火葬にしてしまおうと思った。

でも義母はわたしが箪笥をかきまわしているところを見ていたようで、その日からわたしのことを泥棒だって言うようになった。義母の介護はじつは監視だと言っていい。夫が最初勧めたようにヘルパーを頼んだとして、義母がヘルパーに泥棒の話、つまりわたしが指輪を盗んだことを話したとしたら。相手が他人なら、たとえば小学校のグラウンドで警察官に対したみたいに、複雑な笑みを向ければ認知症という病名が充分ごまかしてくれる。だけど義姉に伝わったとしたら、押しかけてきて家探しを始めることだってありうる。だからわたしは、夫に使わなければいけない時間も削って、夫の寂しさも気づかないふりをして、会話がまったくなくなってしまった今でも、わたし一人で介護し続けている。今さらへこたれるわけにはいかないけれど、正直に白状して楽になる方がいいと思い、気持ちが折れそうになるときもある。

義母がひとつ咳《せき》をした。意識を義母の部屋に集中した。深い静寂に引き込まれていく気がした。目を覚ましてはいないようだ。義母には開けられない鍵に換えたから、徘徊については安心していられる。

炬燵の中が温まって伸びができるくらいになると、決まって聞こえてくるのが新聞配達のバイクの音で、わたしの一日はこの音と一緒に始まると言ってもいい。ここで横になったまま義母の動静がわかるように、配達員の動きもわたしにはよくわかる。効きの悪そうなブレーキをかけ、止まるより前に後輪のスタンドを下ろす。束から一部抜き出して早足で玄関まで来る。けっこう遠慮なしの音をたて新聞受けにさし込む。すぐに戻り、バイクにまたがると同時くらいにスタンドを後ろ蹴りにして次の家へ向かう。

今日もぶうんと音を立てて遠くの家、ぶうんといってあの家、家々を渡りながら近づいてくる。ミツバチみたいだって思う。どんな人か、どうせおじさんなんだろうけれど、わたしと同じで、朝が早い人だから親近感をもっている。この配達員はたぶん、二年近く頑張っている。

でも、おかしい。

つい今、いつもと同じようにやってきて新聞をさし込んだのは聞こえた。だけどその後の動きがつかめない。バイクもアイドリングのままでいる。耳を澄まして既に一分はたっている。状況をいくつか想像してみた。転んでうつ伏せに倒れている。心臓か何か悪くてうずくまっている。家の様子をうかがっている。物干し場まで忍んできている。

そんなはずはない。わたしは意を決して着替えをした。髪を束ね直して呼吸を整えた。

少しだけドアを開け外の様子をうかがった。バイクのライトがこちらを向いていて眩《まぶ》しい。もう少し開けようとするとドアが何かにつかえた。しゃがみ込んだ配達員の背が見えた。同時に小さな何かがわたしの足首にぶつかってきた。反射的にかかとを上げると、わたしの靴下に爪をひっかけた猫がいっしょにくっついてきた。長い尻尾《しっぽ》の真っ白な子猫だった。

配達員は驚いて立ち上がった。

「おはようございます。こ、それ、お宅のネコですか」

うちは猫どころじゃないって思い配達員の顔を見ると、逆にわたしがどぎまぎしてしまった。ロールプレイングゲームの主人公みたいな雰囲気をもった、わたしの娘より若い青年だった。

わたしはひとつ息を吸い込んでから否定した。

「うちの猫じゃありません」

「迷ったか、捨てられたか、でしょうか」

「そんなこと、わたしにはわかりません」

「そうですね」

立ち去るわけにもいかなくなった様子の青年を見て、わたしの緊張は少しになった。足元でじゃれはじめた猫をつま先であやしながら、次の言葉を考えていた。

「配達は、バイト？」

「はい」

とても透明感のある子だった。髪は長めで眉は整えているみたいだった。でもピアスもネックレスもしていない。わたしのおでこが青年の襟元くらいだから背は高い。

「痛っ」

子猫がわたしの足首をひっかいた。わたしは子猫を抱き上げ青年に意地悪を言った。

「どうする？　この子」

困ってる顔はもっと良かった。子猫を差し出すと前足の爪が青年の胸ポケットに引っかかって、片方の爪はわたしの左の袖口に引っかかった。はがすのに呼吸がわかるくらいまで近くなった。青年も緊張しているようだった。その時わたしの胸の奥に、元気の種子みたいな、そういうものが生まれた。

「きみ、この子、飼える？」

「……いえ」

「わたしも無理」

そのまま去ってもだれも文句は言わないだろうに、青年は逃げなかった。わたしはそれも嬉しかった。

「いいわ、きみ、この子の元々の飼い主、もしくは貰《もら》ってくれる人、一週間以内に探して。それまでわたしが面倒みるから」

そんな提案受ける義理はないのに、青年は快く承知した。片方だけえくぼができてかわいく思った。

「それじゃ、お願いします」

青年は手で包み込むようにして子猫をわたしによこした。

「頑張ってね」

「はい」

青年は勢いよくバイクに乗り次の配達に向かった。子猫といっしょにそれを見送った。バイクの赤いテールランプの残像が、わたしの胸にチクリと刺さった気がした。

義母が目を覚ます前に、応急でも猫のトイレとごはんの皿は準備しないといけない。ひとまず子猫を風呂場の脱衣所に入れ、トイレに使う段ボール箱を探した。心細くなったのか鳴き声が聞こえた。放っておけなくてエプロンをしてそのポケットに入れた。カンガルーの親子になったみたいな気がしてかわいかった。ぴったり収まった子猫はおとなしくなった。上から中指で鼻筋を逆撫《さかな》でしてみると、その度に目を細め鼻を差し出してくる。子猫がいるポケットの部分だけ温かくて心地良かった。

「ハッチ」

わたしは子猫をそう呼んでいた。


朝食の支度をするわたしの周りで、ハッチは元気に遊んでいる。わたしのスリッパが気に入ったらしく、尻尾の毛を逆立てて狙いを定める。身をすくめお尻をもじもじさせるとさっと走ってきて、直前で後ろ足立ちして前足を大きく広げる。獲物に爪と牙を立てて半回転するしぐさで、スリッパの方が大きいのに、抱きつくと後ろ足で何度も蹴って爪と歯をくいこませようとする。情が移ったらだめだと思ってもやっぱりかわいかった。

ハッチは朝食をとる夫にも同じことをした。夫はそれで初めてハッチに気づき、意外なほど大きく驚いた。ハッチは抱いてもらおうとパジャマに爪を立てたりもした。でも夫はハッチを相手にせず、朝食を途中でやめ、出勤の支度をしにいってしまった。娘は遅刻だと言って気づかないまま飛び出していった。

義母だけは見事に反応した。

「こっちおいで」

両手を差し出すその姿を見て、正直嫌だと思った。わたしはハッチを抱き上げ、底に新聞紙を敷いただけの段ボール箱に入れた。

「どろぼう」

ハッチを取り上げられた義母は遠慮のない言葉をくれた。義母はもしかしたら正気なのではと思うときがある。義母にこの言葉を言われると必ず心臓が反応する。

わたしは義母が会話を望んでも、無視してしまうことが多くなってきている。気づいてもそれを修正できない。義母の痴呆が進むのに合わせて、わたしの中に黒いものが沈殿していく気がする。

ハッチに必要な物を買ってきてもらうために、娘へメールしようとすると玄関のベルが鳴った。あの青年が荷物を抱え立っていた。

「よかったら使ってください」

プラスチック製のトイレと子猫用の缶詰だった。受け取ると青年は駆け戻って、バイクの荷台からネコ用のキャリーボックスと砂の袋を下ろしてきた。

「こんなに、ありがとう」

礼を言うと青年はおじぎをしただけで行ってしまった。エプロンのポケットにハッチが入っているところを見てほしかったと思った。それでハッチを見にいくと、なんと義母がビニール袋の中に無理矢理何かを入れようとしている。

「何をしてるんです」

ハッチの首を鷲掴《わしづか》みにした義母は、呪《のろ》いがかかるような声でわたしに言った。

「メスは子供を産むから、早いうちに川に流さないとね」

わたしが袋ごと奪い取ると、義母は床に伏せて泣いてしまった。どうして泣くのかと聞くと、わたしが浮気をしているということだった。ハッチと交錯したのか、さっきの子供は隠し子なんだろうと責められた。息子がかわいそうだから早く出ていってくれと拝まれた。わたしは義母に手を出しそうになった。どうにか気持ちを抑え、ビニール袋をゴミ箱に捨て、ハッチを抱え庭へ逃げた。

呆然《ぼうぜん》としていると、あの独特なエンジン音が聞こえた。義姉の自動車だとすぐにわかる。相変わらず荒っぽい運転で、左ハンドルだとしてもそれほど大きくはない自動車なのに、この前来た時は入口でミラーをこすった。義姉にハッチを合わせない方がいいと思った。わたしはハッチを抱え家の中に戻り、寝室に隠してから義姉を迎えた。

義姉はわたしに一声かけただけで遠慮なしに中へ入ってきた。ゴミ箱に捨てたはずのビニール袋を握り、髪を乱した義母が廊下に出てきた。抜けてしまったらしいハッチの柔らかい毛が、綿のようなかたまりになって、玄関からの風に廊下を転がっていった。

義姉は義母の髪を撫で整えながら、なにやら優しい口調で語りかけている。そして持ってきた帽子を義母の頭に被《かぶ》せた。こうして気の向いたときだけやってきて、目に見える優しさをばらまいていく。

リビングに誘うと素直にそうしたので逆に心配になった。お茶の支度をする音が聞こえたらしく、ハッチがわたしを呼んだ。

「ネコ?」

わたしは仕方なくハッチを義姉の前に連れてきた。

「今朝迷い込んできちゃって、飼い主を探してます」

「そう、飼うわけじゃないのね」

心の中まで覗《のぞ》き込むような、義姉の視線がたまらなく嫌だった。義姉は頭の回転が良くてうかつなことは答えられない。正直わたしはいつもびくびくしている。

「そのトイレとか缶詰、もう買ってきたの?」

青年が持ってきてくれたとは言えなかった。

「前に飼おうとしたことがあって」

ごまかしを言う途中で、缶詰の賞味期限を見られたらと思い言葉が詰まった。

「それより、このあいだお母さんいなくなったんだって?」

「……はい」

今日の目的はこれだったのかと思った。何かあるごとに理詰めで責められ謝らされる。説教をしながら義姉が缶詰に手を伸ばそうとしたとき、義母がズボンを濡らし入ってきた。

「あら、お母さん、漏らしちゃった?」

義姉はそう言っただけで腰は上げず、そのままお茶に手を伸ばした。助かったと思った。缶詰をどかしてその場所に母を立たせた。換えを持ちにいきながら廊下が数か所濡れていることに気づいた。それはハッチのおしっこだった。おしめをしているのに義母のズボンが濡れていたのはそのせいだった。義姉に匂いを感づかれたら面倒なことになる。わたしは持っていた義母の替えズボンを使って床を拭いてしまった。

義姉は独身で保険代理店を経営している。社交的でバイタリティーがあって、言いたいことは遠慮なく言って、うらやましいと思うときはあるけどそうなりたいとは絶対思わない。とにかくマイペース過ぎて付き合いきれない。できれば極力かかわりたくない。義姉でなければ、と思うことが何度もある。

義姉の携帯が鳴った。仕事の電話でありますようにと心の中で祈った。

「用事ができたから、ついでにその猫ちゃんペットショップに預けてきてあげようか?」

これがこの家の思考パターンなのかと思うとうんざりした。預けても飼い主が見つからなければ、いずれ処分されてしまう。

ご近所に飼い主がいるかもしれないからと言って断った。猫の毛をお母さんが吸って病気にでもなったらどうするのと言われると、わたしはただ頭を下げるしかなかった。

義姉が出ていくとすぐ、ハッチにトイレを教えようとした。でも袋を開け砂を広げると、ハッチは自ら入って砂をかいた。出てきたハッチを抱き上げ褒めてあげると、ハッチはわたしの頬を舐《な》めてくれた。ハッチだと汚いと感じないのはなぜだろう。わたしは夫を拒絶したときのことを思い出した。

ハッチが来たことでわたしは少し元気になった気がした。生活に張りが出ていると感じた。でもそれだけが原因ではないと気づいた。青年が朝刊の配達に来たとき、着替えをすませてあったわたしはハッチを抱え玄関に向かった。でも青年はわたしが鍵を開ける前に次の家へ向かってしまった。その直後、わたしの元気は見事に半減していた。

約束した一週間目の朝、ハッチを抱えたわたしは、青年のバイクの音が聞こえるより前に庭へ出た。星がいくつも輝き、満月もまだ西の空にあった。夜の空は本当は黒くない。いちばん黒いのは山で、よく見ると何かが潜んでいるような、夢に出てくる鬼が実際に現れそうで怖い気がした。バイパスを通る自動車はほとんどない。静かだった。ようやく青年のバイクの音が近づいてきた。

「さよならかもしれないね、ハッチ」

わたしの顔にハッチの顔を近づけると小さく鳴いた。目を見詰めるとハッチの瞳も潤んでいるように見えた。もう一度抱きしめるとハッチの濡れた鼻先がわたしの唇に触った。

青年が着いてそっけなくハッチを差し出すと、青年は新聞とハッチを器用に交換した。ハッチの鼻と自分の鼻をあいさつ代わりに軽くつけると、抱き直して姿勢を正した。

「すみません、見つかりませんでした」

わたしは内心とても嬉しかった。

「困ったわね」

わたしは逆のことを言い、考え込むふりをした。

「もう一週間、待ってください、もしそれでも駄目だったらぼくが面倒みます」

「でも、きみのとこ、ペット禁止なんでしょ」

内緒で飼いますと言いもう一度頭を下げてくれた。わたしはとても気持ち良くなった。

「いいわ、あと一週間だけ待ってあげる」

このままになると困るから連絡先を教えておきなさいと言い、青年のメールアドレスを聞いた。青年は躊躇《ちゅうちょ》なくすぐに教えてくれた。玄関先でハッチのお腹をさすりながら、青年のバイクの音が遠くなっていくのを聞いていた。

空の青さを気持ち良く感じたのなんて久しぶりだった。義母の世話をする合間をぬって何度も携帯を開いている。登録したアドレスに送信しようとして、結局できないで閉じてしまう。青年には自分のアドレスを教えていないから、まずこちらから送信しなければメールは始まらない。携帯を開くたびにどきどきした。

――――かならず引き取ってよね。

たったこれだけのメールを送信できたのは、日付が変わってからだった。青年はもう朝刊配達で新聞店に行っている頃だ。だから返信はすぐには来ないと決めつけ眠ろうとした。でもそうはいかなかった。結局、わたしは朝まで待ち続けた。

――約束します

返信が来たのは娘と夫が出勤した後で、すぐに二通目のメールをしようとしたが我慢した。二通目は結局、期限一日前の深夜に送った。わたしが炬燵布団にもぐり込むとハッチも一緒に入ってきた。気持ち良さそうに喉を鳴らし、身づくろいをしながらわたしの足もたくさん舐めてくれた。もし飼い主が見つかったら、ハッチはいなくなって青年と話す理由もなくなって、結局、また以前と同じ生活に戻ってしまう。わたしは我慢できなくなって送信ボタンを押した。

――仕事、始まる時間だね。

すぐに返信が来て驚いてしまった。

――今日は休刊日なので

――じゃあ起こしちゃった、ゴメン。

――いいえ　起きてました

わたしはたがが外れた小娘みたいに、何通もメールをやりとりした。青年は美容師になりたくて東京の専門学校へ入るお金を貯めていることを知った。来年は東京へ行けますと書いてあってがっかりした。家族とは離れて暮らしていて、自炊しながら食べているとわかったときは心拍が増えた。

今は彼女いないの？

この送信は思いとどまった。深夜のメールというのは、ふだんの自分ならしないような内容までしてしまいそうになる。冷静になったわたしは、じゃあ、頑張ってねと送信してメールを終えた。もう明るくなる時刻で、わたしはそのまま玄関に出た。ハッチがついてきて庭でおしっこを始めた。わたしはそれを小さく笑って、ハッチも青年も居なくなるんだと言い聞かせた。

突然義姉がやってきた。寝不足だったわたしは朝ごはんの片付けもしていなかった。お茶の支度をしながらその食器を寄せていると、わたしを呼ぶ大きな声が聞こえた。義母の部屋に行くと叱責された。

「猫なんて飼うから、お母さん肺炎になっちゃったじゃない！」

わたしは頬を思い切り叩《たた》かれた気がした。朝ごはんのとき何でもなかった義母は、今確かに高い熱を出していた。タイミング悪くハッチがそこへ出てきた。義母の部屋に入らないようにしなさいと言われ、慌てたわたしはハッチをキャリーボックスに入れてしまった。

義姉の運転で病院へ連れていくことになった。いざという時のために、わたしの必要な物も含めた入院一式の支度はしてあった。その袋を抱え義姉の自動車に乗り込むと、義姉がキャリーをトランクに入れるのが見えた。

「お義姉さん、ハッチをどうするんですか」

「黙ってなさい」
お母さんを第一に考えろと言われ、わたしは二の句がつけなかった。心細く鳴くハッチの声が聞こえた。外に出ようとすると隣にいる義母が大きく咳込んで、背中をさすっているうちに発進してしまった。後部座席に座っているしかなかった。義母は咳をする以外は目をつむっている。急に高熱が出てそのまま逝ってしまうことも多いらしい。もしそんなことになったらと思うと悪寒が走った。寝不足と運転の荒さが重なり、わたしは気分が悪くなった。でもそんなことどうでもいい。とにかくハッチを助けないといけない。わたしは落ち着こうと努力した。
かかりつけの三島の病院まで三十分くらいかかる。その間にどうにかしないと、おそらくハッチはペットショップに連れていかれてしまう。どうしたらハッチを助けられるか、わたしはそれだけを考えた。長岡駅前を過ぎると、案の定義姉は粘りのある口調で、捨て猫なんてペットショップに引き取ってもらえばいいのよと言った。いいわねと念を押された。熱に気づかなかったことをとっても後悔した。なぜ明日にしてくれなかったのかと恨めしかった。その明日という言葉で青年の顔が浮かんだ。わたしはすがる思いでメールをした。
――ハッチが捨てられちゃう　今熱函道路《ねっかんどうろ》と中央道の交差点　三島に向かってる　シルバーの外車　保険会社のロゴが貼ってある
――了解　すぐ追いかけます
着信音がしないように設定を変えた。義姉はわたしが夫とメールしていると思ったらしい。

「何だって？」

今のは携帯会社からのお知らせメールで、夫からはまだ返事が来ていないとごまかしてから、義母の状況を伝えるメールを夫へ送信した。三島の市街地に入ろうとしたとき、携帯が光った。

――うしろ

うしろ？　わたしは意味がわからなくて、フォルダーを閉じてもう一度メールを開けてみた。内容が変わるはずがない。うしろって……、はっとして身をよじり後ろを見ると、青年のバイクがぴったりついてきていた。青年は器用に片手で携帯を操作している。わたしにわかるようにオーバーに送信ボタンを押した。

――どうすればいいですか？

――病院に行った後、姉がハッチをペットショップに連れていくって。姉がショップを出たら、すぐきみがひきとって。

送信して後ろを向こうとすると、もっと落ち着きなさいと義姉に注意された。わたしは入院道具の袋の中からコンパクトを探り出した。運転席の真後ろに位置をずらし、コンパクトのミラーで青年の様子をうかがった。胸ポケットに携帯を入れ真剣な表情をしてついてきている。わたしはそれでようやく心が落ち着いた。

――運転しながら携帯使ったらダメ。

そのメールを見た青年は、左の親指を立てて了解の合図をしてくれた。

病院に着くと点滴が始まった。でも大事にはならないでしょうと言われた。夫から何か連絡があったかと義姉に聞かれた。まだだと答えると、苛《いら》ついた声でわたしが電話してくると言った。一緒に外へ出ると義姉の電話はすぐにつながり、母は大丈夫だということを告げ、ハッチをペットショップに持っていくことも話した。なぜかそこで急に義姉の表情が変わり、しばらく黙って夫の言葉を聞いていた。そしてその電話の途中で、義姉はわたしに中へ戻れと言った。

義姉は五分ほどで戻ってきて、これからペットショップに行ってくると言った。再び義姉について外へ出ると、青年は駐車場の隅でバイクにまたがったまま待ってくれている。青年がこちらを向いたのと同時に、ポケットの中でメールの着信を告げる振動があった。義姉が出ていくと青年も出ていった。わたしはそれを見届けると携帯を開いた。それは夫からのものだった。

——よろしく頼む。

わたしは少し後ろめたさを感じた。何がどうというわけではなくても、後ろにいる青年に気づいたときの感覚は、夫には感じたことがなかったものだった。しょうがないと一回だけ心の中でつぶやき、わかりましたと夫に送信し、青年にはよろしくお願いしますと送信した。切らなければいけない電源はそのままにして、わたしは処置室に戻った。

義母は眠っていた。小さな椅子に座りながら点滴の落ちるのを見ていると、気持ちが負の方向に傾いた。なぜこんなにたいへんな思いをしなければいけないんだろう。義姉に一矢報いるために指輪を隠して、その代償にもう何年も一人で苦労して、夫ともうまくいかなくなって、義姉はあんな人なんだから、そう思って付き合えばいいだけなのに、わたしは自分で自分の首を絞めて、もう仕返しなんてやめて楽になった方がいい……。

「お母さまの点滴、終わりましたので」

わたしは眠っていたのかもしれない。大きすぎる返事をしてしまい恥ずかしかった。入院の必要はないのでこれで帰宅していいと言われた。わたしは迎えを呼ぶのでと義母を頼み、外で義姉に電話をしようとした。携帯に青年からのメールが二通入っていた。

――途中で停《と》まって長電話してます

――ペットショップへは行かずに病院へ戻るみたいです

返信の入力をしている内に義姉の自動車が駐車場に入ってきた。義姉がつかつかとこちらへ歩いてくる。とにかく捨てられなくて良かったと気を抜いたところでしっぺ返しがきた。

「やっぱ可哀《かわい》そうだし、飼い主探してるんでしょ。わたしが飼うわ」

返事に詰まった。そんなにわたしを責めないでと思った。

「なにをうるうるしてるの」

救急車の音で聞こえないふりをして返事はしなかった。青年の姿を探したわたしは、駆け寄って涙を流したい気持ちでいっぱいだった。

義母の熱はそれきり治まった。ハッチを連れていかれてしまったのは、義母のせいだという気がしてならなかった。冷たい雨が降り出し、その音がせつなく聞こえる。しかし青年はこんな日でも、配達を休むことはできない。わたしは気持ちを入れ替え、義母の様子を見にいった。炬燵に戻り、ハッチがいなくて寂しいと送信しようとしてやめた。これ以上迷惑をかけてはいけないと思った。でも青年の方からメールをくれた。それを何度も読み返した。朝刊が来るより前に目が覚め、青年が配達する音を聞いた。このまま一日を始めれば元気にできるかもしれないと思った。しかしいつもと変わらないとわかり不安定になった。義母を怒鳴ってしまいそうで、少し距離をおこうとした。洗濯ものをていねいに干したり、玄関だけでなく庭の落ち葉も掃いたりした。落ち葉をかためふと狩野川《かのがわ》に目をやると、バイクが狩野川の堤の道を走っていくのが見えた。顔はわからないけど、青年のシルバーキャップのヘルメットだった。たぶん仕事が終わり夕刊の配達まで部屋で休むのだろう。

わたしは二日間同じ時間帯にそれを確認して、三日目の今日、その遠景に向かいメールを送った。

――おーい、うしろ。

青年がバイクを止め振り向くまではほんのわずかだった。手を大きく振り続けると、やがて青年もわたしに気づき応えてくれた。

――お礼、何がいい？

――何のお礼？

――大追跡の。

――楽しかったからそれで

青年はもう一度手を振り走り去った。わたしは考え抜いた末に、お弁当を作ってあげようと思った。義母はまだ外に連れていけないから、近くの商店に電話をして材料を配達してもらった。夜中に調理を始めようとして冷蔵庫を開けると、まるで宝の箱を開けたみたいに光が溢《あふ》れ出した。

仕事の付き合いもあるからと夫に言われ、二年ほど前からお弁当を作らなかった。だからとても新鮮な気持ちがした。いつもより水加減を少なめにしてご飯を炊いた。卵焼きは丁寧に心をこめた。魚の塩焼きは三枚焼いて一番きれいなものを選んだ。ポークはアスパラガスに巻いて串に刺した。レタスとミニトマトは多めに、漬物と甘い豆も添えた。湯気が収まるのを待つ間に、気に入ったハンカチを箪笥の引き出しから選んできた。

――お礼に、今日だけお弁当作ったから。新聞受けの上に置いてある。持って帰って食べて。

メールを見なかったらどうしようって心配をした。でもすぐに了解の返信をもらい安心した。娘と夫が出かけ、義母におかゆを食べさせているとメールが来た。美味しかったですのひと言がとても嬉しかった。

義母の散歩の時刻とコースを変えた。歩くより遠くまで行けるからと言って車椅子に乗せた。バイパスの下をくぐって狩野川沿いの遊歩道に入り、青年の通る堤の道へ進んだ。その先に見える小さな橋を渡ったところに青年のアパートがある。わたしは二十年以上この土地に住んでいるのに、歩いてその橋を渡ったことがない。人間の行動範囲なんて、狩野川の鮎《あゆ》の縄張りくらい狭いものなのかもしれない。青年のバイクが来るのを心待ちにしながら、こんなことを考えながら、ゆっくり車椅子を押した。

義母は城山が怖いと言い反対側ばかりを見ている。その側には早咲きの桜が何本も植えられている。二月になればいっぱい咲くねと言うと、義母は明日もここに来ると言った。

散歩を折り返したところで予想通り青年が来た。でも義母に気がねしたらしく会釈だけで行ってしまった。なぜ素通りなのとメールを入れると、大丈夫ですかと返事が来た。何に対してなのか質問するとその返事はなかった。青年はわたしと同じ心配をしているのかしらと思い心が躍った。なにも悪いことはしていないと思ったけれど鼓動が速くなった。手で胸を押さえても、しばらくは治らなかった。

深夜、夢にあの鬼が現れた。

「あいつが好きか」

否定すると鬼はまたわたしに手を伸ばしてきた。その手を払いのけると鬼は背を向け消えていった。目が覚めたわたしは純潔を守った気がして嬉しかった。義姉にもこんなふうに抵抗できればいいのにとも思った。

ハッチは今頃どうしているだろうと思いながらも、それほど寂しいと感じていない自分を少し責めた。今日もお弁当を作りたいという気持ちを抑え込む方を優先した。もう間に合わない時間になるまで我慢を続けた。保存してあるメールを読み返したり、待ち受け画面を変えてみたり、ようやく青年のバイクの音が聞こえ諦めがついた。外へ新聞を取りにいくと、新聞受けの上にジーンズショップの紙袋が置いてあった。中にはお弁当に使ったタッパーが入っていた。その紙袋には見覚えがあって、メールにそのことを加えた。

——この袋のお店、行ったことがあるわ。

——ジーンズ似合うなあって　いつも思います
わたしは朝の空気を思い切り吸ってみた。偶然の出来事で、変化のなかった毎日がこんなにも変わるなんてと思った。わたしは今まで質問したくてもできなかったことを、ついに聞いてしまった。

——お弁当、カノジョに怒られなかった？

――今　付き合っている人はいません
わたしは主婦でそれも四十代のおばさんなのに、この返信が輝いて見えた。自分自身それをごまかすために、わたしは難しい表情をつくり携帯を閉じた。

午後の散歩目指して介護も家事もやる気が出ている。その反面、心の不安定さが増して、たとえば長くなった義母の食事時間に苛々したり、食べこぼしの拭き取りやおしめの交換にひとりごとに文句を言ったり、陽と陰の変化が激しくなってきている。でも散歩のおかげで、一日をスムーズに運べるようになったのは確かだ。ほぼ毎日青年と挨拶を交わし、青年の走り去った後の空気を深呼吸することは、言うなればわたしの別世界になった。こんな幼稚な別世界なら当然許されるものだし、だれに邪魔される心配もないと思っていた。

十二月に入ると風が冷たくなった。富士山も上から下まで真っ白になっている。土曜日で夫も娘も家にいた。義母に厚着をさせてまで遠出の散歩をさせるわけにはいかない。諦めて商店街近辺の道を選んだ。夕刊を配達する青年に会えることを期待して、家を出るのをぎりぎりまで遅くした。肉屋さんでこま切れを買い、八百屋さんで玉ねぎとキャベツを買い、結構重い荷物を下げ車椅子を押した。大型店が近くにできても頑張っている商店街だけど、クリスマス用の装飾は質素すぎてかえって寂しさを感じさせる。気の知れた優しい店主たちだから、長く続けてもらいたいとは思う。でも現実は厳しいにちがいない。こうして頑張れるのは、自分の生まれ育った土地だからこそなんだって思うと、故郷の定まらない自分に跳ね返ってきた。それで散歩は終わりにして折り返すことにした。家に着く前の十メートルほどの坂道を、力を込めて押そうとしたとき、近くの赤い橋を渡るバイクの音が聞こえた。そのまま待つと青年はこちらに気づいて、持ちますと言い、わたしの家の配達を先にして買い物袋を届けてくれた。

——きょうはありがとう。また今度も運んでもらえると助かるなあ。

——了解　でも　今年いっぱいです

——今年って？

——配達　元旦でやめます

——そっか、いよいよ東京に行くんだね。

——はい

——風邪ひかないように頑張って。

——はい

携帯を閉じるまで我慢しきれなかった。液晶を濡らしてしまった。ハッチの身の上を共有しただけで、別に不倫をしたわけではないのに、脱力感でいっぱいになった。それからわたしの思考はおかしくなったのかもしれない。

歯車が変わったというか回路が入れ替わったというか、日曜の朝だというのにいきなり掃除機をかけた。それでも起きないでいる娘を久々に叱った。義母には大きなスプーンを使いいつもより大きく口を開けさせた。飾るつもりだったクリスマスの電飾は資源ごみに出した。昼ごはんはレトルトを温めただけ、洗濯は娘にさせた。

いつも遠慮しながら声をかけていた夫に、最近接待はないんですねと正面から言ってみた。夫は目を反らして小さな返事をした。

「前は何も答えてくれなかったのに、今返事をしてくれましたね」

わたしは更に二の句をつけ加えた。

あの病院騒ぎ以来、義姉は一度も来ていない。ハッチをちゃんと育ててくれているかも確かめていない。今なら気力を奮い起こせば反抗だってできる気がした。

午後はぽかぽか陽気になった。わたしは青年に会うのはこれが最後だと決意して散歩に出かけた。チラシ広告の方の仕事は休みのはずだから、わがままを言って青年を呼び出した。店名まで指定してソフトクリームを買ってくるようにも頼んだ。

義母は居眠りをしてくれている。わたしは狩野川のゆったりした流れを眺めながらベンチで待つことにした。義母の車椅子は富士山の向きに止めた。するとわたしたちが来た道を、一人の女性が歩いてきた。三十代前半、髪が長くて綺麗《きれい》な人だった。白い猫を抱いている。頭のてっぺんに少しだけ黒い毛が混じる以外、ハッチにそっくりだった。女性の顔は見覚えがあるような気がした。途中まではこちらに視線を向けていたと思う。でも通り過ぎる時には遠くを見ていた。いつの間にか義母が目を覚ましていて、その女性の後ろ姿を指で追ってつぶやいた。

「どろ　ぼう」

義母のこの言葉を聞くと電流が走るはずなのに、今回はそれがなかった。

「どろぼうはわたしでしょ、それも忘れちゃった?」

義母はそれきり、何も言わなかった。誰なのか思い出せないでいるうちに、その女性は見えなくなった。

青年のバイクがやってくると、わたしは携帯のカメラで写真を数枚撮った。いったいどうやってソフトクリームを持ってバイクに乗ってくるんだろうと思っていたら、コーンに巻いてある紙をヘルメットの横にガムテープで固定して、斜めにならないように背筋をまっすぐに走って来た。そんな妙なことをしても絵になるんだと思うと、おかしさと寂しさが入り混じった。

「何それ、鬼の角みたい、バカっぽい」

冗談に聞こえないくらいの言い方をしても青年は微笑《ほほえ》んでくれた。義母とわたしにひとつずつ渡してくれるその手は、やはり若くてきれいだった。

「体に必要なものを食べるときはとっても美味しく感じるんだって。わたし、ずっとこれ食べてなかったからすっごく美味しい。脂肪分足りてなかったのかしらね。お母さんも好きだったのよ。でもお腹が心配だから食べさせてあげてなかった。お母さん、美味しいね、良かったね」

わたしはマシンガンのように言葉を連発して、溢れてくるものを抑えた。

「ありが　とう」

わたしは深々と頭を下げ礼を言う義母の体が、またひとまわり小さくなった気がして、クリームで汚れた指や胸当てを今までとは違う感覚で拭き取った。多くの時間を共有してきた同志をいたわる気持ちに近いかもしれない。青年は黙ってわたしのすることを見ていた。黙っていてくれて助かった。あともうひとことでも声を聞けば、わたしは平静を保てなかっただろう。呼び出したにもかかわらず、青年にはソフトクリームのお礼と、これから夢に向かって頑張ってみたいなことを言っただけで、親戚のおばさんと甥《おい》っ子のような感じでさよならをした。

クリスマスイブの前日、義母へのプレゼントを持って義姉が訪れた。久しぶりにハッチを抱き、青年のことを考えた。わたしはしたたかだ。それを頭の隅に追いやり、義姉に向かいわたしはついに指輪のことを白状した。

「お姉さんが貰うとおっしゃってた指輪、わたし、隠そうとしたんです」

「あら」

「でも、箪笥を探しているときにお母さんに見られてしまって、お母さんが他の人にそのことを言うかもしれないから、だから今までわたしだけで介護してきたんです。すみませんでした」

義姉の反応は静かだった。

「見張ってたわけ?」

「はい」

もっと追及されると思っていたらそうではなかった。義姉は一口お茶をすすって帰ろうとした。帰り際、自動車に乗り込むとき、義姉はわたしの顔をじっと見て言った。

「あなた変わったわね、もしかして」

「もしかしてって?」

どちらも疑問のニュアンスのまま会話が途切れ、そのまま義姉は帰ってしまった。わたしは義姉に目線を合わせて話せたことの方が輝いて、その言葉の続きは気にならなかった。

娘に頼んで夫へもクリスマスプレゼントを買ってきてもらおうと思い、クローゼットを開けネクタイの柄を確かめた。夏物も冬物も一緒になっている。それらを区別していると、夏物の数本に猫の毛がついていることに気づいた。白い、猫の毛だった。黒い毛も一本見つけた。ビデオのREWやFFのボタンを押したみたいに、わたしの記憶は音を立て巻き戻しや早送りを繰り返した。

この前、猫を抱いて通り過ぎた女性は夫と同じ会社の人だ。社員旅行の写真に写っていた。

不倫、もしかして、夫はあの人と付き合っていて、お弁当を持っていかなくなったのも土日に接待が多かったのも、彼女と一緒にいたから。抱いていた猫はハッチの親。玄関にハッチを置いていったのは彼女で、それは彼女からのメッセージ。こんな男こっちから捨ててあげるわみたいな意味で、それにわざわざわたしとすれ違ったのも、若さの違いを見せびらかしたかったのかもしれない。夫はハッチを見た朝驚いたし、ハッチは夫に甘えようとしていた。病院に行った時の義姉と夫の電話は、夫が義姉に本当のことを話して、ハッチを捨てないでくれって頼んだのかもしれない。だから義姉はハッチを捨てられなくなって、連れ戻って自分で飼うことにしたんだ。今日義姉が帰るときに言いかけたのは、もしかして浮気に気づいたのって言おうとして……。

衝撃は大きかった。わたしは具合が悪いからと言い出前をとった。義母の一応の世話をした後は炬燵に潜りこんで自分なりに整理しようとした。

最近家にいるようになったということは、今日も定時で帰ってきたということは、二人の関係は今は終わっているはず。わたしにも原因はあるのだから、今回は気づかなかったことにしておいた方がいい。でも、このまま今をやり過ごしたところで、いずれわたしが我慢しきれなくなるかもしれない。

何度も見てきた鬼の夢は、今日は違っていた。わたしから進んで鬼の上になり、激しさを増しながら鬼の首を両手で絞めた。

「やはり殺したくなったか」

鬼は抵抗せず笑ったまま目を閉じている。いくら絞め続けても鬼は平気だった。そのうちに鬼は青年に変わり、わたしはその胸に顔を埋め、悔しいのか寂しいのか何か自分でも理解しがたい涙を流して、その後はありのままの自分をさらけだした。中学生の時とは違う。わたしは心を痛めることなく白くなった。


どうにか心を静め、クリスマスイブの朝から夫の仕事納めの今日まで、どの方向へ向かうべきかを考えてきた。複数の中からひとつを決めるときは何かきっかけがいる。わたしは思い切って義姉に電話をかけ嘘《うそ》を言った。

「お母さんが、今朝から何回もお姉さんの名前を」

義姉はわたしからの連絡を待っていたのかもしれない。義姉は事務所を閉めすぐにやってきた。キッチンのテーブルでお菓子を食べている義母に、どうしたのと何回聞いても、ちぐはぐな会話にしかならなかった。義姉は諦めたようで、棚に置いたままだったあのリモコンを手にとり見ていた。

「少し相談があるんですけど」

わたしはそう言って切り出し、義母の横の椅子をすすめた。義姉は背筋をまっすぐに座り足を組み、お茶にはまったく手を出さなかった。

「相談って?」

いつもならもっと何かしら言うはずなのに、黙ったまま座っている義姉の態度で、やはり知っていると思った。わたしは唾を飲み込む音を聞かれないようにお茶を一口飲んだ。

「不倫、してるんです」

いきなりその言葉を聞くとは思っていなかっただろうに、百戦錬磨の義姉は動揺を見せなかった。

「誰が、誰と?」

わたしはわざと夫のことは言わず、自分が不倫しているように話を進めた。義姉にはそれで充分通じると思った。

「わたし、夢に出てくる鬼が好きになってしまったんです」

予想した通り、義姉はわたしの真意を見抜いてくれた。

「でも、もう目が覚めてるわけでしょ」

「はい、でも、許してもらえるでしょうか」

「正直言えばいいってものじゃないわ。死ぬまで誰にも言わない秘密くらい、みんないくつか抱えてるし、それにこれからいくらだってやり直せるでしょ」

「やり直せるでしょうか」

義姉はテーブルに両手を置き、その間に頭を入れるようにして頷《うなず》いた。肯定の頷きにしては大き過ぎた。義姉は夫の代わりに謝罪していると思った。わたしはそのタイミングで言葉のニュアンスを変えた。

「離婚も考えています」

わたしはたじろぐ義姉を初めて見た。

「確実に終わってるからかんべんしてあげて」

黙ったままでいると、義姉はさらに続けた。

「ハッチを引き取ったのは、甘く見られたままだと腹が立つから。捨て返してやろうと思ったの。でもそれじゃあハッチが可哀そうじゃない。だからわたしが飼うことにしたの」

わたしは準備してあった義母の指輪をテーブルの上に置いた。何と言って渡すか幾通りかの言葉を用意してあった。

「これ、わたしが盗んだ指輪、お渡ししておきます」

義姉はそれを受け取ろうとはしなかった。わたしはお茶をもう一口飲み、結納の日のことを静かに話した。

「ごめんなさいね、冗談が過ぎちゃって。弟を取られる気がして、やきもちやいちゃったの」

「正直言えばいいってものじゃないです」

わたしは話をうやむやに終わらせるつもりはなかった。無表情のまま指輪を義母の指にはめた。義姉は指輪をして喜ぶ義母に助けを求め、一緒になってはしゃぎだした。これくらいで許そうと思い、わたしは姉のお茶を入れ替えた。

義姉が帰った後、わたしは青年のアドレスを消し、やり残していた大掃除にとりかかった。明後日《あさって》から新年、少しやり過ぎたかもしれないと思った。夫とは顔を合わせないようにした。夫には義姉から報告されているはずで、その夫の表情を見たくはなかった。


おせちを豪華にした。何も知らない娘と、何もわからない義母が喜んでくれた。娘は三嶋大《みしまたい》社《しゃ》に初詣に出かけ帰ってこない予定だったのに、青年のラストの朝刊配達より先に帰ってきた。青年に最後の挨拶くらいしようと思っていたけれど、娘の小言を聞く方を優先した。夫は借りてきた猫以上につつましかった。食器の片付けが終わり年賀状を分けていると、義姉から電話がかかってきた。

「明日と明後日みんなで旅行に行きましょう」

娘や夫も入れ五人分の予約をしたからと言う。これが夫の答えだと思った。どこへ行くのかと聞くと東伊豆だと言われた。

「あなた同窓会、出席するって電話しておきなさい」

なぜ知っているのか聞くと、偶然目にしたからと言った。出席している間はみんなで義母の世話をしてくれると言う。娘に予定を聞くと、彼氏と喧嘩《けんか》中だからOKだと言った。どうせ相談の上だろうと思い、夫には何も言わなかった。許してどうにかやり直そうと考えたけど、まだその方向へ自分を持っていけない。

わたしは同窓会の幹事に電話をした。急に出席できるようになったのでと言うと、思いのほか大きく喜んでくれた。美容院に行ってなかったのが気になったけれど、着ていく服も履いていく靴も決まった。

中伊豆を通り峠を越えればすぐに東伊豆で、大仁から自動車でたった一時間の距離なのに、今まで一度もそれをしないできたことを不思議に思った。やはり、わたしにとって東伊豆は故郷ではない。

同窓会は昼からなのに、義姉はずいぶん早い時刻に迎えにきた。義姉の自動車に乗り込むとハッチが助手席にいた。猫が一緒でも泊まれる旅館を予約したらしい。ハッチを抱いて座るようにと義姉が夫に言った。躊躇する夫に向かい、わたしは皮肉を言ってみた。

「逃げないようにしっかりね」

返事はなかったけれど、夫の耳は赤くなった。

冷川《ひえかわ》から伊豆スカイラインに入り、峠を過ぎ十五分程《ほど》下ると大室山《おおむろやま》が姿を見せた。ふもとから頂上まで木が一本もない、枯れ草色のお椀を伏せたような珍しい山で、その稜線《りょうせん》が空の青にくっきりと見えている。子供の頃の記憶とまるで同じで、懐かしさとは異なるものを感じた。

気分は重くなる一方で、やはり来なければよかったと思い始めた。

国道に合流しても、コンビニとリゾートマンションが増えた以外、見覚えのある風景ばかりだった。海のきらめきで眩しい海岸道路を通る頃には、先にある岬を過ぎれば何が見えてくるのかもわかるくらいだった。

まだ同窓会まで時間があるから、あなたの住んでいた場所に行ってみましょうと義姉が言った。娘も興味深く目を輝かしている。わたしは仕方なく道案内をした。

「あの大きな松の木があるところで右に上ってください」

わたしが通った小学校は当時から児童数が少なかったから、もう廃校になっているかもしれないと思った。でも行ってみるとまだ残っていた。住んでいた家の場所も近くだったけれど、それは言わずにいた。

旧道から中学校へ向かった。卒業式の記念写真を撮った場所もまるで同じに残っていた。土のテニスコートも二面あった。懐かしいでしょうと言われ、付き合う気持ちで笑顔をつくった。

海辺の宿舎へ下っていく途中に伊豆熱川《いずあたがわ》駅がある。同窓会の送迎バスがそこに来ることになっている。まだ一時間以上あるのでみんなでお茶を飲むことにした。海の見える喫茶に入ると、水平線に大島が見えた。

「ぜんぜん変わってない」

二重の本音をつぶやくと義姉が場を盛り上げようと頑張った。

「今日会う同級生は変わってると思うわ。禿《は》げてて誰だかわからないとか」

無理して笑う義姉の横で、手をつけていない夫のコーヒーカップから湯気が立ち上っている。わたしはそれがスローモーションのように見えて、そして自分以外の存在が停止したような感覚になった。夢を見ているわけではないのに、鬼のささやきが聞こえてきた。

「このまま許すのか」

わたしはこの流れを受け入れたから、ここにこうしているのだと頭の中で答えた。鬼はしらけた溜息《ためいき》をもらし、今夜、海で待っていると言った。夢の中に初めて鬼が現れたとき、殺したくなるか死にたくなるかどちらかだと言われた。その言葉の意味は、義母を殺したくなるかわたしが死にたくなるかだとばかり思っていたけれど、もしかしたらその対象は夫だったのかもしれない。

「お母さん、車に酔った？」

わたしの顔色は悪いらしい。娘が心配しておしぼりをくれた。大丈夫だと言っても、その後も鬼はささやき続けた。わたしは精神が病んでいると思い恐ろしくなった。

送迎バスが来る時間になり、義姉たちは先に宿舎に向かった。スーツを着た同級生の一人がマイクロバスの前に立っている。顔に見覚えはあるけど名前が出てこなかった。さしつかえのない挨拶をして中ほどの席に座った。

伊豆急下田《いずきゅうしもだ》行きの電車が到着したらしく、次々と同級生たちが乗り込んできた。わたしの名前をみんな覚えていてくれて、わたしを囲むように席が埋まっていく。会場まで行く間の会話の中で、何人かの名前を復活させることができた。けれど思いだせない人の方が多く緊張した。でも幹事さんたちはそんなこともお見通しで、受付に名前プレートを準備してくれてあった。仲の良かった子たちも来ていて、会が始まるときには鬼の声は聞こえなくなった。

二次会が終わり義姉たちに合流したのは暗くなってからだった。わたしの顔を見るとすぐ娘が報告した。

「露天風呂、かけ流しで、景色良くって、もう最高」

お母さんはこんな良い土地に住んでいたのかと言われた。今のわたしにとって色褪《いろあ》せてしまった大仁でも、嫁いできた頃は素晴らしいと感じたのだから、娘の言葉を否定はしなかった。でも娘の感動は住んでいないからこそ感じるものだ。たとえば今、娘が心地よく聞こえると言う潮騒にしても、当時海の近くに住んでいた同級生たちは、うるさくて仕方がないとぼやいていた。わたしも、高校に通うときに電車から見る景色はそっちのけで、友達と話をしているか居眠りをしているかの毎日だった。

そう、家族や身内もきっとそれと同じで、一人暮らしの人から見ればとても温かくて尊いものなのだろうけれど、ずっと一緒に暮らしていればその素晴らしさがわからなくなってしまう。わたしたち夫婦の溝が簡単には埋まるはずがないと思うのも、元々の原因はそれと同じなのかもしれない。

消灯後しばらくして、うんざりした表情をして鬼が現れ要求した。海に来いとしつこく言ってくる。わたしの意識はその方向だけに覚醒してしまった。

旅館の丹前を着て部屋を出ようとすると、義姉の足元に寝ていたハッチが目を覚ましわたしを見た。ひとつ身震いをして首の向きを変えると再び目を閉じた。

ロビーは薄暗い電灯がひとつ光っているだけで誰もいない。玄関に鍵はかかっていなかった。外に出ると月が煌々《こうこう》と光っている。強い西風が吹いている。波は大きいらしく、海底でぶつかる石の音も聞こえる。これ以上近寄れば波飛沫《なみしぶき》で全身濡れてしまう所まで来てしまった。鬼は波の向こう側からわたしを招いている。睨《にら》みつけると涙が溢れてきた。

ぶるぶる震えながら立ちすくんでいると、鬼の横に両親や青年の姿も見えてきた。一歩二歩と波に向かっていく自分を、別の角度から見ている感覚になった。歩みを止めることはできなかった。

目の前で大きな波が砕け散ったとき、一閃《いっせん》の稲光のように感じる声を聞いた。

「どろぼう」

分離していた意識が一瞬にして体に戻った。その声の聞こえた方へ振り返ると、浴衣一枚で、それも着くずれて胸が丸見えの、髪を乱し震える義母の姿があった。わたしは抱きかかえ中へ戻ると、義母と一緒に露天風呂に飛び込んだ。

体が温まり震えも止まった。義姉はわたしたちがいないことに気づいたらしい。徘徊する母を妹が探しに出ていると、旅館の従業員に必死で説明する声が聞こえてきた。

了

小説・随筆・紀行文部門

佳作

河童《かっぱ》の夏唄《なつうた》

南津《なつ》 泰三《たいぞう》

泰三《たいぞう》は飛んだ。河童《かっぱ》の声に乗って欄干から身を躍らせた。はじまりは赤トンこと赤木、塩トンこと塩瀬の煽動《せんどう》による小童どもの囃子《はやし》である。

ボク、ボク、コワイカ、ハシノウエ
ボク、ボク、トベルカ、ハシノシタ

悪童どもの大合唱の中に奇声が混じる。杜子春《とししゅん》の話に出てくる鉄冠子《てっかんし》が水の中で嗽しているような唱声である。

ボク、ボク、コイコイ、ミズノナカ
ボク、ボク、スイスイ、カワノソコ

『ボク』は泰三の仇名《あだな》である。怪声には魔法のような吸引力があった。知らぬ間にからだは宙にあった。

一家が河津《かわづ》に移ったのは河津桜が八分ほどに開いた頃である。転居について、父の泰樹《たいじゅ》は夏休み、といった。

「ちょっと早い、ちょっと長い夏休み」

泰三には二人の兄がいた。どちらも早世であった。それだけに泰三に対する泰樹と母、有子《ゆうこ》の慈しみは濃いものであった。ただ、けっして猫可愛《ねこかわい》がりするというようなことはなかった。親の膝下に置く、ということではなく、小さくとも対等な一個の個人として見るという泰三の自我を配慮したものであった。これには若い時期に個人の自立をよしとするヨーロッパに過ごした泰樹の経験もあずかっていたが、基本的には二人の気質的なものがあった。泰三にたいしては自由放任を旨とし、日常起居、学校のことなどについてはおおらかに過ごさせた。唯一、折り目をもとめたのは言葉遣いである。泰三がまだ物心つかない頃から彼に対し、いわゆる子供言葉は使わなかった。大人の世界のことについてもその成長の糧になると判断すれば出来るだけの話をした。勿論《もちろん》、そこにはおのずと子供にはまだ早い領域もある。そういう場合は、必要最小限の説明にとどめた。泰三にはそれで十分であった。夏休み最高、と心を躍らせた。あとになって少し考えた。でも、どうして河津なのだろう。そのときに気づかず、あとになって合点することを、踊り場の機知、という。誰かと別れて階段をとことこ降りてきて踊り場に達したとき、ああ、そういうことか、ああ、あのことをきくんだった、というようなあの気づきである。泰三にはこの機知がいっぱいだ。二人が新婚旅行に伊豆半島を周遊し、行く先々で、将来はこういうところに暮らしたいと思った、ということをきいている。それなら、他のところでもいいはずだ。たとえば、沼津《ぬまづ》である。この名がすぐに思い浮かぶのは河津と響きが似ているからである。河津であることに何の不満があるわけではないが好奇心としての疑問を持つ。そのとき、そばに泰樹がいなかったので、有子にきいた。

「河童のお告げよ」

お告げときいて、河津に後光がさした。

「泰君、河童寺にいったでしょう」

泰樹と一緒に一度訪ねたことがある。有名なお寺ときいたが、ごく無造作なかまえである。浜に流れついた流木のような飾りの無さが気にいった。本堂に安置されている河童の瓶を見た。想像していたのより小さい。高さは四十センチほどで黒褐色の光沢のある瀬戸物である。肩が張ったつくりは大ぶりの酒壺《さかつぼ》のようである。心を静め、瓶に耳を寄せると滝やせせらぎ、魚の跳ねる音がきこえるといわれる。何もきこえなかった。きこえたのは普段より速い自分の心臓の鼓動だけであった。

「おかあさん、何かきこえましたか?」

「お告げの声」

「どんなお告げですか?」

「パッパコイコイ、カワズニコイ」

有子は耳がよい。人の口真似《くちまね》が巧みである。子供の頃、家に出入りしていた植木職人の親方の物いいを真似して家族をあきれさせた。

「ぐずぐずしい思案はほって、ひとっぱいってこい」

母は嘆き父は困惑し兄たち姉たちは笑いころげた。

その音調は、彼女の真似る親方の口調にそっくりである。

「それで河津にしたのですか？」

「お寺で河童をご馳走《ちそう》になったこともあるわね」

「河童ですか？」

「泰樹さんは五本、わたしは三本も頂いた。お味噌《みそ》をつけてね」

「きゅうりみたいですね」

「きゅうりのことカッパというでしょう」

「やっぱり、ただのきゅうりなんですね」

「でも、お皿が特別だった」

「どんなお皿ですか？」

「河童の頭のお皿」

「本当ではありませんね」

嘘《うそ》というと言葉が口について、つい乱用する。それだけでなく簡単に嘘をいうことにつながる、という考えから家では嘘は禁句である。疑わしいと思うときは、真実ではない、というように表現するよう教えられた。

「本当はね、命を助けられたから」

「河童にですか？」

「河童にではないけれど、河童のような不思議なお二人」

周遊で河津まで来たとき、宿の手配に手違いがあり野宿することになった。探せば探せないことではなかったが、季節もよく携行食の用意もあった。満潮になっても波が届かないと思われる海岸の砂地に野営の準備を整えた。打ち上げられた流木を集め火を起こし、近くの清流で汲《く》んできた水をアルミのカップでわかし茶を飲んだ。星を仰ぎ、潮騒《しおさい》をきいていると、野宿でよかったと思われた。そろそろ寝ようとした頃、ひとりの老人がやってきて、そこは危ない、という。普段は大丈夫なところだが、ラジオで暴風雨の予報をきいた。嵐のときは、ここらあたりは海につかる。家に来なさい、と招じる。旅の間、天気予報には注意していたが、これはきいていなかった。この夜更け、突然の訪問は迷惑になる、どこかに安全な場所を探す、というと、遠慮は無用、家から火が見えたのでやってきたが、出るときにばあさんに、迎える支度をしておくようにいってきた、と道の先に立つ。老人の家はそこからほど近い所にあった。風呂から上がると、囲炉裏《いろり》のそばに二人の夜具が用意されていた。夜具といっても手ごろな流木にタオルを巻いた枕と、上にかける簡単なものだけであった。

「ぐっすりですね」

「それがそうではなかった」

「どうしてですか?」

「虫よ」

天井の裸電気を消すと土間の虫たちが鳴き出した。

「いくつかの種類の虫がいたと思うけれど、鈴虫が一番うるさかった。まるで、耳元で水晶の鈴が鳴っているみたい。一度耳につくと離れないの」

それも台風の接近までであった。夜半から風雨がいっきに強くなった。風が鳴り、家がきしむ。雨粒が窓を連打する。虫の音は消された。旅の疲れもあり二人はいつのまにか眠っていた。翌朝、台風は過ぎていた。二人は朝の挨拶のあと、海岸にいってみた。昨日自分たちが野営をしようとしたところは波に洗われ、その起伏を変え、丸太が横たわっている。二人は老夫妻の好意に引きとめられ、そこに三日過ごした。夫妻を手伝い、流木を集め、貝を漁《あさ》り、裏畑のトマトをもいだ。二人が辞去するとき、老人の妻は、大きなおにぎりを持たせてくれた。それから毎夏、二人はその家を訪ねた。夫妻は戦場に三人の息子を送り出し身寄りがなかった。老人の場合も、その妻のときも、泰樹と有子が見送った。今よりも死がずっと身近な時代だった。

話をきいてさらに河津がよくなった。

何しろ夏休みにはもってこいの舞台である。家は南に面した斜面にある。梁《はり》の高い古い農家の骨格を残し、内部の要所を洋風に手を入れたつくりである。窓から海が一望できる。この眺望だけで値千金だ。泰樹は泰三の小さい頃からいろいろな話を語ってきかせた。漢語的な表現などもよくまじえた。泰三が話をのみこめていないと察すれば、その言葉の意味をわかりやすく説明した。だいたい理解したと思うときは、注釈なしに先に進んだ。意味も大事だが、子供の時期に大切なのは言葉が持つ音感だ。言葉の響きに親しめば意味はそのうち自然にわかってくる、という考えである。今昔物語、西遊記、三国志、アラビアンナイトなどに話題を取り泰三の興味を誘った。泰三はいつも夢中になってきいた。泰三がその年の割に、漢語、熟語に通じ自然に口にするのにはこの背景がある。庭には裏山から引いた細流が、岩を繰り抜いた臼《うす》ほどの水溜《みずた》めに気持ちのいい水音を立てている。野菜や果物はここで洗う。トマト、きゅうり、スイカ、麦茶、サイダー、ビール、冷麦、豆腐などもここにさらしたり、冷やしたりする。暑い日、よく冷えた豆腐に鰹節《かつおぶし》を振りかけ、これも冷やしておいた醤油《しょうゆ》を走らせて食べるのは最高だ。鰹節は食べる直前に削る。その役割は泰三がになった。ひと削りごとに香ばしい香りが立ち、食欲をそそる。その何であることを問わず、この水の洗礼を受けた食べ物は一段と味をあげる。水溜めを満たした水は水面にあふれ流れ出て、せせらぎに戻り海に入る。泰三は一度ならず笹舟《ささぶね》を浮かべ、その行方を追ったことがある。歩けば十分ほどの渚《なぎさ》への道のりが、小舟を追いかけると小一時間かかる。山があり、川があり、海がある。食べ物はおいしい。これで学校がなければ、まさに桃源郷だ。学校は嫌いなわけではない。通いなれた学校ならば、だ。転校して入る学校は別だ。友達が出来るか、どうか問題だ。全員が同じところからスタートする入学式ならいい。転校は、他の人間がお互いに友達などのすでにある程度かたまった関係の中に入る。自分だけが見知らぬ人、異邦人である。泰三は潮だまりが好きで、時間のあるときにはよく屈《かが》んで覗《のぞ》きこむ。教室は学校という海の潮だまりのようなものである。新しい潮だまりにうまく入れるかどうか気になる。この屈託は前日までである。

今こうして母と一緒に学校に向かっているとき、煩悶《はんもん》は消えている。それより有子の過激に少々閉口している。

「生意気な子がいたらやっつけてやりなさい。最初が肝心、手加減無用。大勢で向かってきたらおかあさんが薙刀《なぎなた》で助太刀する」

先生への挨拶もあり、初日は有子が同行することになったのだが、これなら自分ひとりで来た方がよかった。有子はひとまわり違うが泰樹と同じ亥年《いどし》である。性格は随分異なる。泰樹は内に揺るがないところを持っているが、普段は物静かな人である。印象は猪《いのしし》というよりむしろ貘《ばく》である。有子は外見はあくまでも淑《しと》やかだが、物怖《ものお》じしない気性で、思ったことは口にする。有子の名は、世界で一番高いところの意味の有頂からの命名である。有頂天は九層ある天のその最上の九天を表す。ここから我を忘れる、という場合にもつかわれる。有子は、何かを鼻にかけるようなことは少しもなかったが、我を忘れ、状況を忘れることは珍しくない。よくいえば、天衣無縫、素にいえば、猪突猛進《ちょとつもうしん》である。諸事にめりはりがはっきりしている。泰三がおもちゃなどを、片づけなさい、といわれぐずぐずしていると、二度とは繰り返さず、さっさとくず籠に捨てた。それが高価なものであろうと、まったく逡巡《しゅんじゅん》するところがない。諸事に勾配が早い。郵便局で巻紙を求め、片隅に立ったまま筆を走らせ、ものの五分ほどで書きあげるなど何事でもない。その激励と同時に泰三を少し困惑させているのは母の装いである。和装、洋装、どちらも似合う。平均的な背丈だが、スタイルがよいので、実際以上に上背があるように映る。この日は、白いブラウスに紺のスカートという装いである。スカートと同色の帽子をかぶっている。帽子には白と紺のボーダーのリボンが巻いてある。この帽子が全体を目立つものにしている。道行く人が振り返る。泰三は母を誇りに感じると同時にちょっと輝きすぎるとも思う。

「泰君、素早いから大丈夫よ」

これでは最初から、対決を煽《あお》っているようなものである。生来敏捷《びんしょう》で喧嘩《けんか》は弱くはない。だからといって好きでもない。本音をいえば、争うことは嫌いである。これは主義としてのものではなく、生理的なものである。相手のからだに手を触れたり、一つになってもみ合ったりすることが、嫌なのである。母が帰り、ほっとした。泰三は決められたクラスに案内された。転校生への判定は初めの三日間で決まる。この間に外来種として疎外の目を向けられるか、新来の仲間として受け入れられるかの風向きが決まる。教壇に立たされ挨拶した。名前をいい、頭を一つ下げればすんだものを、いつもの口癖で、最初にボクをつけてしまった。泰樹は泰三と話すとき、自分のことをボク、泰三のことをキミ、と呼んだ。泰三は泰樹をおとうさん、と呼んだが、自分のことは父と同じようにボク、とした。

「ボク、南津《なっ》泰三です」

これで、仇名が決まった。

新来者への態度を決するに影響の強いのはガキ大将の存在である。誰がそうかはほどなくわかった。鬼ヤンは、クラスだけでなく、学年を通して、もっといえば学年を超えた全学的な存在感をもっていた。当時、道端のお地蔵様は珍しくなかった。お地蔵様は、夏から秋にかけてよく頭に赤トンボや、塩辛トンボを留まらせた。このトンボを鬼ヤンマに変え、お地蔵さんにメガネをかけ、手に六法全書を持たせると鬼ヤンになる。父親は弁護士で、鬼ヤンも将来、同じ道を歩くとすでに決めていた。後に友達づき合いをするようになったときにきいてみた。

「わかるの？」

「わからない。今はわからなくてもいい。大事なことは毎日、ページをめくって見ること、さ。これ、親父の言葉」

鬼ヤンはお地蔵さんの体形そのままに撫肩《なでがた》だが、胸がみっしり厚い。静岡県の相撲大会の小学生の部で何度も優勝している。出場すれば中学生の部でも優勝する可能性がある、といわれている。得意技はかわず掛けである。かわず掛けは、かけられたほうも、かけたほうも悪くすると後頭部を地面に叩《たた》きつけることになる危険な技である。地域の大会では禁止されていた。鬼ヤンはこの技を使わなくともいつも余裕で勝っている。勉強の成績もいい。ただ、水泳は苦手である。二人の兄を一度に川でなくしている。鬼ヤンの周りには、少し距離を置いて取り巻きトンボが旋回している。赤トンボの赤木と塩辛トンボの塩瀬である。かりに喧嘩になったとしても、この二人なら十分対応できる。鬼ヤンはいかにも手ごわそうだ。鬼ヤンは寄ってくる連中と親しくしたが、自分から徒党を組むというようなところがなかった。この態度は同じような姿勢をとる泰三に好ましいものであった。出来ることなら鬼ヤンとはぶつかりたくない。幸い鬼ヤンは、ごく無造作に「よぉ」と片手をあげて挨拶を送ってよこした。泰三は「やぁ」と応えた。この状況を悪童どもは、一応容認、悪戯《いたずら》、黙認と受けとめた。排斥はしないが机の中に蛙《かえる》、青大将をしのばせるなどの、通過儀礼を免除するものではないという解釈だ。雨蛙ぐらいならさして驚かないが、大人の掌《て》を二つ合わせたような巨大な蟇蛙《ひきがえる》にはタジタジとなった。机をボンと蹴ると、幸い自発的に飛び出してくれた。蟇蛙は重たげなジャンプを繰り返して教室の外に出ていった。青大将にも冷静に対応した。机の上蓋《うわぶた》を開けたとたん、ゆらり鎌首をあげた。あっ、となったが次の瞬間に蛇をつかみ、そのまま赤トンのほうに投げた。先程からの薄笑いから犯人と見当をつけたのである。青大将は赤トンの首のあたりに当たった。赤トンは悲鳴をあげた。塩トンは目をトンボ玉に、からだをくの字にし、笑いつづけた。泰三の知らないことであったが、真犯人は塩トンだったのである。赤トンは蛇を苦手としていた。このことはあとで知ったが後悔はしなかった。どちらにせよ陰謀の片棒を担いだのは事実である。河童の罰だ。東京の家の庭ではよく青大将やヤマカガシの姿を見た。庭石のかげの蛇の白い抜け殻を目にしたことも何度となくある。青大将はおとなしいがヤマカガシは気が強く咬《か》みつく。手を出さないようにいわれていた。ある夏の日、二階にあがると八畳間の真ん中に青大将が寝そべっていた。風通りのよい、畳のひんやりと足裏に気持ちのよい部屋である。部屋の外には桜が窓のすぐそばまで枝をのばしている。泰三は、よくその枝をつたい、登り下りして部屋に出入りしていたものである。蛇もたぶん、同じみちをたどって部屋に入ったにちがいない。草むらにその姿を目撃することはあっても、まともに向かい合うのはそのときが初めてである。色から青大将と確信したが、なにぶん普段目にするものより太い。青大将は、昼寝の邪魔をされた、というような不機嫌な目で泰三を見た。泰三は階下の母を呼んだ。階段を駆け上がってきた有子は「こんな長虫、平気の平左衛門」と、呪文《じゅもん》のように唱え滑るように進んで蛇の尻尾《しっぽ》をつかみ窓から放った。青大将に瞬間的に対応できたのは、このときの光景が脳裡《のうり》にあったからである。あのときのものにくらべれば、今回のものなど、緑のミミズだ。どういう加減か、青大将は赤トンの首に巻きついてはなれない。赤トンは天井が崩れるほどの悲鳴をあげつづけている。泰三はその狼狽《ろうばい》がおかしかった。ふと鬼ヤンと目があった。笑っている。笑いをわかちあったせいか、以後、鬼ヤンと親しくなった。同じ三男坊で兄たちをなくしている共通事情もあり互いに仲間としての意識を持ったのである。

河童橋は河津川の河口から二百メートルほどの上流にある。そこからさらに三百メートルほど上に河童淵《ぶち》がある。淵には河童が棲《す》んでいる。河童は滅多《めった》にその姿を人目にさらすことはないが、岸辺の岩の上で、頭の皿の手入れをしていた、というような目撃談は多い。土地の古老は、曇りの日の夕方に姿をあらわす、という。頭の皿の水を干上がらせないよう注意するためだ、というのがその根拠である。一説によると、河童は時折、淵を出て、河童橋をくぐり、海に出るらしい。川にいるから河童で海に出たらもはや海童、だという人もいるが、この異論に加担する人は少ない。河童橋は幅三メートル、長さ七メートルの木橋である。八年に一度、掛けかえられる。橋から水面までは約七メートルである。これは平均水位の場合で、豪雨や日照りの後はプラスマイナス一メートル以上の差が出る。その日は前の雨からもう十日以上たっていた。橋から水面まで八メートルをこえた。橋は河童ならぬ小童たちの度胸試しの舞台である。欄干に立って足から飛び込む。河童の命は頭の皿だ。河童は皿を割らないよう必ず足から飛び込む。欄干の上から飛び込むときは足から、というのが不文律だ。この高さから頭を先に飛び込めば頭骨にひびがはいる。足からの飛び込みは極めて理にかなっている。足からとはいえ欄干からの飛び込みには勇気がいる。飛んだ者はあっぱれ、一人前の悪童として仲間と見なされる。赤トン、塩トンはこの場の常連である。来るたび、毎度飛び込むわけではないが、可愛い女の子などが橋をいくときは、気を引くために飛んでみせる。ぐずぐずしている後輩にたいする見本として飛び込むこともある。鬼ヤンが来ないここで二人は大将顔で他の小童どもに下知《げじ》を飛ばしている。その日、泰三が橋を渡ったのは有子に頼まれた届け物の帰りである。声から赤トン、塩トンたちがたむろしていることはわかったが知らぬ顔でそのまま過ぎようとした。

目ざとく泰三に目をとめた赤トンが囃したててきた。
ボク、ボク、ポク、ポク、ドコエイク
ボク、ボク、ビク、ビク、ニゲアシハヤイ

小童どもが唱和する。
ボク、ボク、コワイカ、ハシノウエ
ボク、ボク、トベルカ、ハシノシタ

間をおいてつづける。
ボク、ボク、コワイ、ショウベンチビル
ボク、ボク、トンダラスゴイ、ヘノカッパ

合間に濁声が混じる。

ボク、ボク、コイコイ、ミズノナカ
ボク、ボク、スイスイ、カワノソコ

船乗りたちを誘惑したサイレンのように抗しがたい声だ。不思議に音楽的だ。心地よく眠気を誘う音声である。どこか朦朧《もうろう》とした気持ちだ。軽い日射病にかかっていたのか。何しろ暑い日だ。毎夏、海で泳いでいる。こんな高い所からではないが川でも飛び込みをやっている。自信はある。このぐらいなにほどのこともない。いっちょう目に物見せてやる。母親直伝の猪突猛進症状が出た。橋に戻り欄干に立つ。思ったより遥《はる》かに高い。怯《ひる》んだ。今さら遅い。目をつぶり空に向かって飛んだ。気持ちはひたすら空にあったが重力の法則により落下する。激しい衝撃で川面《かわも》を突き抜け水底に沈んだ。必死に水を掻《か》いた。水は浮上をあざ笑うように水圧で頭を押さえる。水を吸った服が鉄の鎧《よろい》のように重い。両腕を振り回し、水を蹴ったが身体は水面に出ない。どちらが上でどちらが下かわからなくなる。鼻から水を吸い、水をのみ死を意識した。何かの影が横切るのが感じられた。河童だ。尻小玉を抜かれる。河童の腕がからんできた。意識を失った。気がついたときには、誰かが身体の上にいた。両手で胸を圧迫され大量の水を吐いた。せき込んだ。

ゴボゴボという水音がする。泰三はそれが、自分の口からあふれ出るものであることを知覚し目を開けた。顔のすぐ上にひまわりの花がある。ひまわりの上に太陽がある。二つの太陽が重なっている。眩《まぶ》しい。だんだん意識が戻ってきた。ひまわりが少女の顔になった。真剣な顔である。日焼けしている。初夏の日差しを含んだような輝く目である。まつ毛が長い。マッチ棒が載せられる、と思った。わずかに開いた口からのぞく粒の揃った歯が白い。泰三の見上げる視線に気がつき少女はいった。

「よかった。もう大丈夫」

少女は、泰三がいつも眩しく見ている伊豆野夏江《いずのなつえ》であった。学校の廊下ですれちがうとき、きまって心臓の鼓動が速くなった。明るい顔立ちで、髪を払う仕草に心を強くときめかせるものがあった。すらっとした背丈でリズムのある歩の運びである。二年の年長であること、医者の娘であること、勉強が出来て、水泳が上手であること、伊豆全域の中学校の記録を持っていることを知った。泰三は高嶺《たかね》の花などという言葉はまだ知らなかったが、抱いた憧れの気持ちはそれであった。その人が自分を水の中から抱きかかえ救ってくれたのである。

夏江はこの日、橋から少し上流で友達数人と水遊びをしていた。腕白どもの騒ぎに様子を見に来て泰三の溺れるのを目にした。少年たちが狼狽、茫然《ぼうぜん》としているだけなのを見て、急ぎ水に入ったのである。女に救助されるなど悪童どもの通念では不面目であるが、泰三は夏江に助けられたことを幸福に思った。翌日、泰三は悪童どもに揶揄《やゆ》されることを覚悟して登校した。腕白どもの目に泰三をうらやましがる色があった。泰三にとってこれは意外であった。理由があった。医者に対する尊敬心が今にくらべずうっと強い時代である。容姿に優れ、勉強をよくし、ピアノを弾く夏江は、あたり一帯の男の子の憧れであった。その夏江に助けられたのである。羨望《せんぼう》は当然だった。女といっても夏江は別だ。泰三が奇異に思ったのは鬼ヤンがヤゴを噛《か》み潰《つぶ》したような顔をしていたことである。

学校から戻ると、泰三は有子とともに、家から十分ほどの伊豆野家を訪ねた。伊豆野家はこの地で代々医業を生業《なりわい》としている。礼を述べる有子に対して、夏江の母の澄子《すみこ》は笑顔で応じた。

「わざわざご丁寧に恐れ入ります。学校のことを含め、外でのことは何でも話してくれる子なのですが、それは存じませんでした」

泰三はこれをきいていっそう、夏江に対する想いを強くした。

「普段は河童のような顔をしているくせにとんだ河童の川流れです。服を着たまま飛び込んだというのですから無鉄砲の二重丸です。お嬢さんがいらっしゃらなければ、今頃、本当に河童の国にいっていたかもしれません」

「おてんばがお役にたって本当にようございました」

話のなかに有子と澄子が同じ女学校に学んだ同窓であることがわかった。初対面の垣根が消え、二人が旧知のように打ち解けるのを見て泰三は嬉《うれ》しかった。夏江は澄子の傍らで終始微笑していた。揃えた前髪からのぞく双眸《そうぼう》が涼しい。泰三は礼の言葉以外、ひと言も夏江に話せなかった。

夏江のように泳ぎがうまくなりたい。上手になったら一緒に並んで泳ぎたい、と秘かに思った。頻繁に川に通った。瀬を渡り、瀞《とろ》にもぐった。暑い日でも川の水は直《す》ぐに身体を冷やす。泳いでは岩に登って甲羅を干し、また川に入る。雨の日は水量が増し水流が速くなるので控えた。かわりに、水泳に関する本を読んだ。廊下に大判の座布団を置いてその上に腹ばいになり、顔を横にし息継ぎの練習をし手足をバタバタさせた。廊下の端の壁を蹴ってターンをする。それを何度となく繰り返した。息をとめて何回往復できるかを試みた。

海からの微風に乗って祭囃子の音がきこえる。縁側で団扇《うちわ》を使いながら夏江のことを想った。庭に打ち水をしていた有子が戻ってきて泰三に並んだ。

「男同士の話、していいですか」

「なんでもいってみな」

「ごめんなさい。おとうさんのつもりでいってしまいました」

「いいってことさ」

「恐縮です」

恐縮も泰樹がよく口にする言葉である。

「男同士というのは無理ね。人と人、ということでどうかしら」

有子が普段の声に戻ったので泰三はほっとした。有子の男言葉はちょっと怖い。

「では、それでお願いします。おかあさん、どうしておとうさんと結婚したのですか。お見合いだったことは知っていますが」

「勿論、泰樹さんがいい人だから」

泰樹と有子は二人の間でさんづけの名前で呼び合っている。

「具体的にどういうことですか」

「さっぱりして、やさしくて、頭がよくて、かっこうがよくて、まだ、必要？」

「おかあさんのこころを決めさせた一番はなんですか」

「トウダイ、ね」

「学校の？」

「それもあるわね。でも東大にいったからというのではなく、おとうさんのいきかたが素敵《すてき》だった」

泰樹の二人の兄は一高、東大と進んだ。周囲は泰樹も同じコースを歩むと期待した。そう思わせるだけの能力を持っていた。しかし、泰樹はボクには一高は無理と、さっさと八高を受け、そこから東大に入った。これには受験前に関東大震災に遭い、教科書、ノート類の一切を消失したこともあったが、必要以上に頑張ることに価値を置かない気質も大きかった。頑張る必要があるときは頑張る。けれど無理な頑張りはしない。それより自分のペースで何事も楽しみながらやりたい。これを消極的という人もいたが、当人は気にとめなかった。

「こういうおとうさんの考えが素敵だと思った。おかあさんはなんでも全力であたるけど、無理はしない。だから、おとうさんのいきかたに共感したわ。泰君はどう思う？」

「ボクも無理な頑張りはしないほうがいいと思います」

「キミの場合、無理しなさすぎるのが問題じゃないかしら」

「それで、学校じゃないとするともう一つのトウダイ、というのはなんですか」

「船を道案内する灯台」

　泰樹は見合いのその席でいった。自分は待つのも待たせるのも好きでない。だからこの場で自分の考えを述べさせて頂く。自分は自分自身の灯台になるよう努めると同時に誰かの灯台になりたいと思ってきた。きょうその誰かに会った。ぜひ、有子さんの灯台になり、また、有子さんに自分の灯台になって頂きたいと願う。有子さんのご返事は後でと承知しているが、最初に申し上げた理由でここに自分の気持ちを明らかにさせて頂く。有子はその場で返事した。

「どういうふうにいったのですか」

「灯台になります。灯台になってください」

「お互いに灯台になれましたか」

「自分のことはわからないわ。でもおとうさんはまちがいなくわたしの灯台。泰君も同じくわたしの灯台」

「ぼくは子供ですよ」

「でも、灯台。おとうさんもきっと泰君を灯台と思っているわ」

「どうしてですか?」

「わたしたちの生活を明るくしてくれるから」

自分なりに頑張らなければならない気持ちになった。

「ぼくにトウダイに入ってほしいですか。学校のほうの」

「泰君が入りたければね」

多分、大学にはいくだろう。しかし、どこの大学かはまだわからない。夏江さんはどこにいくのだろう。お医者になる、といっていた。すると、彼女の二人の兄のように京都の大学にいくのか。もし、夏江さんが京都にいくのなら、自分も京都にいきたい。今頃、どうしているだろう。もしかしたらお祭りに来るかもしれない。いや、もう、来ているかもしれない。不意に落ちつかなくなった。

「ぼく、お祭りにいってきます」

「おとうさん、書きものが終わったら三人で出かけようとおっしゃっていたわよ」

「友達と会うから先にいきます」

浴衣に着がえて外に出た。のんびりいくつもりが、下駄《げた》の足が自然に速くなる。祭囃子の音が次第に大きくなる。夜店の灯火《ともしび》がホタルの群れのように夜を明るくしている。金魚釣り屋の呼び声がする。綿菓子の甘い匂いが流れる。雑踏の中に赤トン、塩トンの姿が見えた。かげにかくれてやり過ごす。ひとわたり、歩いてみるが夏江は見えない。もしかしたら来ないのか、帰るか、と思ったが、決心がつかない。もう一度、広場を一周する。広場に入ってくる道を浴衣姿の三人の少女が来る。真ん中の背丈のある姿に見覚えがある。三人は泰三の前を、夜店をのぞきみながら進む。足を速めて三人を追った。左の少女の浴衣の柄は団扇である。右の少女のそれは金魚である。中央の少女は狐《きつね》の柄である。狐を描いたものは初めて見た。もしかしたら狐に騙《だま》されているのではないか。本物かどうか、前にまわって声をかけてみよう。追いつこうと思って足を急がせ途中で、思い直した。不自然だ。出来れば偶然、出会ったようにしたい。急いで回れ右をして、逆方向に足を急がせた。反対に向かえば、どこかで出会う筈《はず》だ。こう胸に算段して、心持下を向いてゆっくり歩を進めた。自分が気づくのではなく、夏江に気づいてもらいたい。いかにもあたりの店を見ているような風を装いながら、急ぐ足に手綱をかけながら歩く。今すぐにも、「あら」とか「こんばんは」とかと声がかかってくる。そう考えると心臓が高鳴った。いっこうにかかってこない。思い切って目をあげて前方を見た。三人の姿はなかった。いつの間にか広場にはさきほどより人が多くなっている。人混みの中に紛れたのか、あわててあちこちに目を走らせるが、狐柄の浴衣はない。あきらめ悪くもう一周、そしてもう一周。見えない。途中、赤トンに声をかけられたが、「帰るところ」とぶっきらぼうなひと言を残して別れた。肩を落として帰り道をたどった。頭上に星が流れた。その光芒《こうぼう》が消えないうちに願い事を三度繰り返せば、望みが叶《かな》うときいている。急いで口にしたがその名をいい終わる前に流れ星は消えた。あれはやっぱり、狐だったのか。無数の星がうるんで見える。夜風が強くなり道脇の雑草がざわめいた。

泰樹と有子はまだ帰っていない。茶卓の上に、籠に布巾《ふきん》をかぶせて盛られた葡萄《ぶどう》がある。蚊取り線香をつけ、籠を持って縁側に出て夜空を仰いだ。味を感じないまま葡萄を機械的に口に放り込みながら流れ星を探す。いつのまにか眠っていた。「ただいま」という母の声で目覚めた。

「帰り夏江さんの家に寄って遅くなりました」

「いました?」

「いらしたわよ。スイカを一緒に食べてきた」

一緒にいくのだった。

「夏江さん、お祭りにいかなかったのですね」

「いったけどすぐに帰ってきたそうよ。人混みは好きではないみたい。泰君と同じね」

「お祭りにはやっぱり浴衣を着ていったのかな」

「浴衣姿だったわ。大柄だからああいう柄はよく似合うわね」

「どんな柄です?」

「狐柄。どうして?」

「狐の柄ってよくあるのですか?」

「縁起がよい柄なのに、あんまり見ないわね」

「縁起がいいのですか？」

「狐の嫁入りは豪華ということになっていて、これを見た人はよい相手と結婚できるといわれているわね」

「おかあさんの結婚式は狐の嫁入りでした？」

「さあ、どうでしたかしら」

有子は泰樹を見た。

「豪華だったよ。おかあさんが最高に豪華だった。今でも勿論、豪華だけど」

「天気がよかったですね」

「降ったり照ったりして天気が一定しないことを、狐日和という。おとうさんたちの結婚式の日はよく晴れた気持ちのよい日だった。豪華のてんこ盛りだった」

「とにかく狐というのは縁起がいいんですね」

「狐福という言葉があるくらいだから縁起がいい」

「きつねふく？」

「狐に幸福の福。思いがけない幸福のことだ。僥倖《ぎょうこう》、ということだね」

「ぎょうこう？」

「そう、ぎょうこう」

近いうちに狐福はあるだろうか。

思いがけず夏江の誕生日に招かれた。ぎょうこうだ。大ぎょうこうだと胸が弾んだ。空をかけあがり、入道雲のてっぺんに登った気持ちだった。その日、招かれたのは少女二人と少年二人の四人である。少女達には見覚えがあった。祭りの夜に夏江と歩いていた二人である。少年のもう一人は鬼ヤンである。招かれただけ十分以上に幸福であったが鬼ヤンの出席に、幾分落胆した。自分だけとは思いもしなかったが鬼ヤンを眼前にすると、一人で食べられると思っていたご馳走を二人で分けなければならなくなったような気持ちになった。でもなぜ、鬼ヤンがここにいるのか。この思いは鬼ヤンも一緒であったようだ。

「なんで、ボクがいるの？」

「どうして、鬼ヤンがいるの？」

「おれんち、ここんちと、親戚関係にあるんだ。夏江さんは遠縁だ」

誇らしい口調で鬼ヤンはいった。

「遠縁って、どのくらい遠いの？」

「どれくらいか知らない。とにかく遠縁なんだ。ボクんちとの関係は？」

「夏江さんのおかあさんとうちの母は女学校の同窓なんだ」

「それは強みだな」

「なぜ？」

「なぜでも。それにボクは夏江さんに命を助けられているし、これはことだね」

「なぜ?」

「考えろ」

考えた。わかる気がした。ただ、それをどう表現してよいのかわからない。テーブルは、庭の山桃の木かげにしつらえてあった。頭上に傘のように枝が広がっている。テーブルには桃やリンゴなどを入れた籠と、おにぎりを入れた籠が並んでいる。庭の井戸で冷やした麦茶がガラスの瓶に入れておいてある。サイダー、ジュース類がある。ビスケットの箱がある。ビスケットは泰三の母が持たせてくれたものである。六人掛けの長いテーブルである。テーブルの頭の位置に夏江が座り、その左右を少女が占めた。泰三は鬼ヤンと向かい合って下座に座った。

誕生会といってもささやかなものであったが、泰三には狐の嫁入りのように、豪華な感じがした。これで鬼ヤンがいなければ完璧だ。しかし、近親結婚は許されない、ときいていた。まさか鬼ヤンが、夏江の許婚《いいなずけ》、というのではないだろう。夏江さんは鬼ヤンより、年上だ。それなら自分もそうだが、自分は歳など問題にしない。三人の少女は何やら屈託なくおしゃべりしている。澄子が縁側に蓄音機を持ってきてハンドルを回しレコードをかけた。初めてきく曲だが、懐かしい感じがした。食事になった。泰三は「頂きます」と、大きな声でいっておにぎりに手を出した。

ほとんど同時に鬼ヤンも叫んだ。

「頂きます」

おにぎりは三種類あった。なかに梅干を入れて海苔《のり》で包んだもの、醤油をつけて焼いたもの、わさびの花芽、葉芽、茎を漬け込んだものをご飯にまぜて握り、薄くわさびをぬったもの。

手が迷ったが泰三はそれまでに食べたことがない珍しさから、わさび味を選んだ。わさびは好きでわさび漬けなど家でもよく食べる。おにぎりにぬったものは初めてだ。

「気をつけて、それ辛いから」

夏江が注意の声をあげた。

「辛いの、好物です」

かぶりついた。口に入れた一秒後に辛さが来た。口の中が熱くなった。辛味が垂直上昇する飛行機のようなキーンという音を立て鼻腔を襲った。むせた。口にしたものを出すまいと耐えた。さらにむせた。背をまるめて我慢した。涙が出た。夏江が麦茶を持ってきて、背中をさすってくれる。

「大丈夫？　ゆっくり少しずつ飲むといいわ」

コップを受け取るとき、夏江の手にふれた。泰三の全身にひまわり畑がひろがった。落ちついたところで、新しいおにぎりに手を出す。

「無理をしないでね」

「好物です」

いきなり頬張るのではなく、少しずつ食べゆっくり咀嚼《そしゃく》する。辛さの中に甘さがある。それが米の甘さと混じっておいしい。他の味のものを一つ、二つ食べて、また、わさび味に戻る。合わせて九個食べたところで満腹になった。

「たったの九個か」

十二個食べた鬼ヤンは勝ち誇った声でいった。

「九は皇帝の数だ」

中国では九は皇帝の数と泰樹にきいている。「それがどうした」と反論されれば困る。鬼ヤンはなぜか納得した。本当のところ鬼ヤンももう満腹で、そうかと、受けることでこの場を終わらせたかったのだ。陽が西の坂道をゆっくり下る。レコードの音が止《や》んだ。泰三は考えた。鬼ヤンより先に出るべきか、それとも鬼ヤンを送ってから帰るべきか。思い切って先に席を立つことにした。

帰り道は下を向くのがつらく、反り返るようにして歩いた。次の瞬間、星が消えた。道端の肥溜《こえだ》めに落ちていた。全身を何万匹のハマダンゴムシに取りつかれたようだ。湿った石の裏にいるオカダンゴムシは気持ちがわるい。ハマダンゴムシは、その百倍気色が悪い。青とも黒とも茶ともつかぬまがまがしい色、二本の触覚、鎧《よろい》を重ねたような身体、沢山《たくさん》の脚、ハマダンゴムシは溺れて死んだ人を耳、鼻、尻などから潜り込んで食べる、といわれる。こみ上げる悲鳴を必死で抑える。口を開けたらハマダンゴムシが入る。近くの川に走って飛び込んだ。一秒でも早くハマダンゴムシを流し落としたかった。水流を利用するために上流に向きをかえる。水の中を転げまわる。息を我慢できなくなったところで、水面に顔を出して、大きく息を吸い込んだ。泳ぎながら、シャツ、半ズボン、上下の下着を脱いで素っ裸になった。それらを近くの岩にあげ、もう一度身体を洗い、大丈夫と得心したところで、服を洗った。

「そこにいるのは河童か」

鬼ヤンの声である。

「河童、河童」

ハマダンゴムシを洗い流した開放感に勢いを得ていった。

「やっぱり河童か。で、なんで夜に河童が行水しているの」

「暑いから」

「ボク、服を着て泳ぐのが好きだな。今は、素っ裸のようだけど」

月が明るい。星明かりもある。鬼ヤンのメガネ目はよく見えるようだ。

「あれだけわさびのおにぎりを食えば暑くなる。糞桶《くそおけ》で冷やし、川で冷やして二度行水するのも当然だ」

落ちたときいたのなら抱きついてやればよかった。身体が冷えてきた。

「そろそろあがる」

「風邪をひかないうちにあがれ、あがれ。おれは帰る」

カッパ、カッパ、カッパノへ
カッパ、カッパ、クソギョウズイ

鬼ヤンの歌と笑い声が遠くなる。濡れた服を着て家に帰り、縁側で涼んでいた母に石鹸《せっけん》を持ってきてくれるように頼んだ。洗い場の脇に石鹸は用意してあったが、それでは足りそうにもない。

「いい匂いね」

有子は小鼻を摘まむ格好をして笑った。

川ですっかり洗い流したつもりだが、毎日、天日に炙《あぶ》られ、濃縮された臭いは簡単には消えない。

「お風呂を沸かしておくわね。外で洗ったあと入ったらいいわ。服は外の洗い場にそのまま置いておいて」

石鹸を頭に身体に擦り込むようにしてこすった。皮膚を何枚かはぎ取った感触を得たところで風呂場に向かった。風呂には夏ミカンが水面を覆うように浮かんでいた。いつにもましてよい匂いであった。湯の中で夏ミカンの一つを両手でまわしながら夏江のことを想った。夏江の知らないことだが折角の誕生日を臭くして悪い気がした。絶対に知られてはならない。鬼ヤンに目撃されたが、余計をいう性格ではない。狐福は続いた。ある夕、魚を食べて骨を喉にひっかけた。ご飯をまるめてかまずに飲み込み、同じことを食パンをまるめて試してみたがとれない。伊豆野医院を訪ねた。ひとりでいくといったが、父が同行した。伊豆野先生は時間にかかわらず診てくれるが、すでに通常の診察時間は過ぎている。親として挨拶があってしかるべき、と考えたのである。

「上を見てアーンと大きく口をあけて」

いわれた通りにする。天井に小さなヤモリがとまっている。そのまま、落下してきたら口に入る。気が気ではない。幸い、喉に刺さった骨は、すぐにピンセットで抜かれた。抜いた骨を電球にかざし、伊豆野医師がいった。やせぎす白髪の伊豆野先生に泰三はミカンで鶴を描いた黄鶴楼《こうかくろう》の仙人を想像した。

「これはアジかな。アジはおいしい。先生も好きだ。でも、骨がひっかかりやすい。食べるときはアジに釣られないようにすることだね」

泰樹はすぐに暇《いとま》を告げたがビールでも、と誘われた。

泰樹と伊豆野医師は縁側に用意された夏座布団の上に座る。泰三は父の脇に腰を下ろした。澄子がビールとサイダーを運んできた。籠に入れた枝豆もある。夏江がおしぼりを持ってきた。夫人が団扇の風を三人に送った。それに並んで夏江が座る。色の薄いオレンジ色の半袖ワンピースがよく似合う。伊豆野医師がいう。

「この裏手にホタルが出る。夏ちゃん、泰三君に見せてあげたら」

夏江に案内され裏にまわる。小さな沢がある。何も見えない。わずかに星明かりの下で沢の水が光っている。体温が伝わってくるほど近いところに夏江がいる。夏ミカンのような匂いがする。音のしないように深呼吸をしてその匂いを胸いっぱいに吸い込む。なんだか酔った気分である。そのとき、明るい点が、ふっと闇に浮かび、ふんわりとした光跡を描く。つづいて一つ、また、一つ。気がつくと、十以上の灯りが宙を舞っている。一メートルほどの先に光が二つ並んでいる。思わず、近づき、つかまえようとした。その手を、夏江の手が握ってとめた。

「駄目。動いているのはいいけど、動かないものに近づいては駄目」

夏江は泰三の手を握ったまま後ずさりした。

「どうして?」

「あれはマムシの目」

帰り道、泰三は自分の手に残る夏江の手の感触を心地よく反芻《はんすう》していた。絹の砂のようなものがあれば、それだ。あらためて幸福感が、潮が満ちてくるように胸をいっぱいにする。

「おとうさん、男同士の話だけどいいですか」

「今夜は男同士の話をするのにぴったりだ」

「どうしておかあさんと結婚したんですか」

「お見合いをしたから」

「そのとき、お見合いは初めてだったのですか」

「いや」

　泰樹はそれまでに二度見合いをしている。二度とも断られている。そうなるよう振る舞ったからである。相手はどちらの場合も顔の綺麗《きれい》なだけの木偶人形《でくにんぎょう》のようであった。何を話しかけても「はい」「いいえ」の短い応えしか返ってこない。重ねてきくと泰樹のほうではなく、両親、介添人の顔をうかがう。面白くもなんともない。結婚するなら会話の楽しい人と考えていたので即座に断ろうと決めた。男の側から断るのは相手を傷つける。ときに深酒し、休日は山歩きをすること、一度ならず崖から足を滑らせたことなどを話した。近い将来、外国の僻地《へきち》に赴任するかもしれないことをつけ加えた。願った通りになった。その後、何度か話が来たが辞退した。有子との見合いに応じたのはその話を持ってきた人に義理があったからである。ちょっと規格に収まらない活発なお嬢さん、という紹介にも興味を覚えた。

「規格に収まらないというのはどういうことですか」

「一般的な考えに囚《とら》われず、自分の考えを持ち、その考えを持って行動する、ということかな」

「どうしてそれがわかったのですか」

「自己紹介だね」

有子は灯台になるといったあとで、自分について話した。三人の兄、三人の姉を持つ末っ子である。姉たちは自分を一番下の弟と見ている。自分はそういわれても仕方がないおてんばである。子供の頃は木登りを得意とした。今、料理、裁縫を習っているがどちらも姉たちのように上手ではない。こういうことを知って頂いた上で、よろしければ、是非、灯台にして頂きたい。最初は鈍い灯りかもしれないけれど、だんだん明るくなるよう努める。

「おとうさん、このおかあさんのいい方をとても新鮮に感じた。魅力を感じた」

「話というのはそんなに大事ですか。たとえば、綺麗ということと話が面白いということではどっちが大事ですか」

「どっちも」

「どっちもはなしです」

「大事なことというのは固定したものではないから、こうといい切ることがむずかしい場合もある。若いときには綺麗なことが大事と思うかもしれないけど、年齢を重ねていくに従ってだんだん話の面白いほうが大切になる。綺麗であることが、重要でなくなるということではなく、話の面白いことの大事さが大きくなる、ということかな」

「おかあさん、灯台になりましたか」

「まちがいなくね」

「どういうふうにですか」

「おとうさんを元気にしてくれる。これはキミも同じだ」

「ボクはどんなふうにおとうさんに元気をあげているのですか」

「たとえば、こんなふうに夜道を歩き、話している。これは楽しい。楽しいことは元気のもとだ」


誕生会、ホタル見物、などを通じて夏江と親しさをました。家が近いこともあり、放課後、一緒に二人だけで帰ることもあった。一緒に帰ることについての噂《うわさ》が立っていることをきいたが気にしなかった。夏江は噂をきいているのか、いないのか、いつも晴れ晴れとした顔をしていた。澄子のお使いということで家にも来た。時間があるときは廊下で座布団波乗りをした。一メートルほど先に座布団を放り、勢いをつけてそれに飛び乗り滑る。ときには有子がこれに加わることもあった。ある日、波乗りをしていると、ひょっこり、鬼ヤンが姿を見せた。泰樹と有子は留守で二人だけであった。鬼ヤンは波乗りをしている二人を見て顔をこわばらせた。

「鬼ヤンもやる?」

泰三の誘いに乗らず、鬼ヤンは来たばかりなのに「帰る」といって去った。

翌日学校にいくと、鬼ヤンが寄ってきた。近くには誰もいない。鬼ヤンは泰三におおいかぶさるように顔を寄せていった。

「ボクに忠告することがある」

黙っていると先を続けた。

「俺は他人のことにはかまわない主義だ。しかし、ボクは見どころのあるやつなので、特に忠告する。ありがたいと思え」

「ありがとう」

「礼は全部きいてからいえ」

「わかった」

「短くいうぞ。近づくな」

この一言で意味は察したが、黙っていた。

「黙っていないでなんかいえ」

「黙って全部きけといった」

「それで全部だ。わかったか」

「なぜ?」

「理由はいい。長くなる」

「長くなってもいい」

「こっちがよくない」

「向こうが近づいてきたら」

「エビになれ」

「どういうこと？」

意味はわかったがあえてきいた。

「向こうが近づいた分だけ下がれ」

「出来ない」

「なら、俺と決闘することになるぞ」

かわず掛けは怖い。他のことならいうとおりにしたかもしれない。夏江に関してはエビになるわけにはいかない。

「仕方がない」

「いいのか」

「よくはないけど、仕方がない」

「本当にやる気か」

鬼ヤンは二本足で立ちあがった熊のように背丈をのばし、胸を張り、泰三の両頰を張るように、泰三の眼前で両の掌を音たてて合わせた。

こんな風に顔を張られたら鼓膜が飛ぶのではないか。

「やる」

「じゃ、ついてこい」

「今から？　駄目だよ。授業がある」

「授業より大事なことだ」

確かにそうだが、今は困る。

「決闘は申し込まれた方が条件を決めることができる」

「条件？」

「時間とか武器とか」

「武器は素手に決まっている。ボク、剣道やっているときいたけど、木刀でも持ってくるつもりか」

木刀を持てば勝てる確立はずうっと高くなるが怪我《けが》をさせるかもしれない。

「素手でいい」

「他は？」

「日と時間と場所」

「ボクの好きでいい。決めろ」

急いで考えた。

「三日後、朝七時、河童淵の岸」

三日後は日曜日である。朝七時なら人はいない筈だ。河童淵にはあまり人が近寄らない。

「日も時間もいいけど、河童淵は疑問だな、あそこの岸辺は狭い。俺はいいけど、逃げまわるボクには狭すぎるよ。神社の裏辺りがいい」

鬼ヤンのいう神社は八幡神社である。鬼ヤンの先祖であるかもしれないかわず掛けを工夫した河津三郎を祭ってある。境内に三郎が力をつけるために用いたといわれる三百キロの力石、手玉石がある。かわず掛けをかけられて手玉石に頭をぶつけたら卵の殼みたいに頭蓋骨《ずがいこつ》がつぶれる。絶対駄目だ。

「河童淵でいい」

「どうしても？」

「絶対」

「どっち側？」

「河童の足跡岩のあるほう」

いって素早く踵《きびす》を返した。あれこれ話して場所を変更されては困る。相手は弁護士の卵だ。

二日間、どうしたら勝てるか考えた。粉末トウガラシと胡椒《こしょう》をまぜて眼つぶしをつくり、相手の視力を奪っておいて、へのこを蹴りあげる。問題はうまく相手の面上で割れてくれるかどうかである。鬼ヤンは体力もあるが、敏捷《びんしょう》さも相当なものである。風向きによっては自分の目が見えなくなる恐れもある。あらかじめ口に水を含んでいて、隙を見て、相手の顔に水礫《みずつぶて》として吹きつける。ひるんだ隙にへのこを一撃する。下駄を履いていって下駄礫とする。下駄を放り何かに命中させることは泰三の得意技の一つである。正面から組み合っては勝ち目が薄いと思うせいか、飛び道具を使うことばかり考える。どれもあまり気乗りがしない。草挟《くさばさ》みはどうか。雑草の中の任意の雑草を、左右の手それぞれに十本ほどつかみ、これを一つにまとめ結び合わせ半円を作る。それをいくつも作っておく。雑草の中の雑草の罠《わな》である。見分けがつかない。相手はこの半円の輪に足を入れて躓《つまず》くか転ぶ。問題は動き回っているうちに自分もその輪に足を取られる可能性があることだ。そこで気がつく。あそこには輪をいくつも作るほどの雑草はない。わずかにある雑草は丈が低い。とても結んで輪を作ることは出来ない。竹刀はどうだろう。相手は相撲の巧者なのである。両腕の力を減じることは出来そうだ。素手といい切ってしまったことが悔やまれる。

前夜、泰三は泰樹と並んで団扇を手に縁側に並んで座っていた。泰樹も手にした団扇を動かしている。そばの蚊取り線香の煙がまっすぐ立ち上る。泰三はサイダー、泰樹はビールを飲んでいる。泰三がきく。

「おとうさん、喧嘩強かったですか?」

「負けたことない」

「強かったんですね」

「勝ったこともない」

「いつも引き分けですか?」

「それもない」

「どういうことですか?」

「したことがない」

「一度も？」

「記憶にないね」

「どうしてです？」

「想像するんだ」

「何を、ですか？」

「例えば自分がカマキリになって他のカマキリと取っ組み合いしている姿。見苦しい」

「みぐるしい？」

「下品で見るに堪えないということ」

「喧嘩しない方法ありますか？」

「三つある」

「一つは？」

「相手を笑わせる」

「怒っている相手を笑わせるのはむずかしいですよ」

「簡単ではない。でも、不可能ではない」

「二番目は？」

「喧嘩になった原因を取り除く」

「三番目」

「逃げる。昔から逃げるが勝ち、といわれている」

「どうしても避けられないとした場合、絶対に勝つという方法はありますか？」

「三つある」

「一つは？」

「味方を大勢連れていく」

「一対一の約束です」

「約束を破って連れていく」

「約束破るの、よくないと思います」

「武器を使う。鉄砲、戦車、飛行機、潜水艦」

「子供の喧嘩ですよ」

「絶対勝ちたいといったね」

「そうですけど、もっと凄《すご》くない、安全なものはありますか？」

「卵」

「ぶっつけるのですか？　食べ物を粗末にするのはよくないですよ。三つめは？」

「贈り物をして許してもらう。キミ、喧嘩するの？」

「決闘を申し込まれたんです。喧嘩と決闘、どうちがうのですか？」

「決闘は名誉をかけて命がけで戦うこと、喧嘩は単なる殴り合い。キミ、命をかけるの?」

「そこまではしません。相手も卑怯《ひきょう》なやつじゃないですから」

「決闘には立会人がいる。ボク、なろうか」

「二人だけという約束です」

「向こうにも立会人を立ててもらってお互いの立会人同士で話すというのはどう?」

「親に出てもらうのは名誉にかかわります」

「場所と時間は確認しているの?」

「河童淵の足跡岩のあるほうで今度の日曜日の朝七時です」

「相手の誰だかはきかない方がいいかな?」

「そう思います」

「おかあさんにはどうする?」

「男同士の話でしょう」

「そうだが、朝食の用意をしてもらう必要がある。腹が減っては、戦《いくさ》はできない、と昔の人はいっている」

「どういえばいいのでしょう?」

「事実そのままにいったらどう?」

「でも、心配です」

「おかあさんが心配するということ？」

「それも少しありますが、大きい心配はおかあさんが薙刀持って助太刀に来るのではないか、ということです」

「その心配はあるかもしれないね」

「どういったらいいでしょう？」

「友達との約束を果たしにいく、というのはどうかな？」

「それにします」

その朝はよく晴れていた。泰三は早めに起きて、母がいつも通りに用意してくれた、ご飯、味噌汁、納豆、卵焼き、焼き海苔などの朝食をとった。普段はおかわりをするご飯を軽く一膳ですませた。出がけにふと思って、釣り竿《つりざお》を持った。トリモチを竿にたっぷり捲《ま》いておいて鬼ヤンを釣る。頭をトリモチにからめられ宙にぶらさがる鬼ヤンの姿を想像し名案だと思った。しかし、トリモチはつけた方もつけられた方も後の始末が悪い。それでも何ということもなしに釣り竿を持っていくことにした。河童淵には約束より三十分前についた。武蔵は戦いに際しいつも相手より先に果たし合いの場に臨み、地形を調べ、地の利を自分のものにした。武蔵の話を読みなおしてそのことを確認した。地の利だ、地の利だ。口の中で繰り返していると血のり、ときこえるのでやめた。縁起でもない。打撲、擦り傷は仕方がない。悪くすると骨折もあるかもしれない。ただ、血は見たくない。河童淵の前は教室半分ほどの窪地《くぼち》になっている。淵を背にして立つと、奥に向かって、低くなだらかに傾斜している。淵側に位置を占めれば、背の高さはほぼ鬼ヤンと同じになる。視線が相手と水平になると対等という気持ちになる。地面を調べ、足に障《さわ》る小石などがないかを探る。危ないと思われるものは拾って淵に放る。もし、かわず掛けで倒された場合、頭を打っては大変だ。空豆大の小石を十ほど選び手近なところに砂をからめて置いた。使いたくないが万一、相手が何か卑怯な手を使ったら礫として用いるかもしれない。釣り竿を淵に平行に砂地に置いた。何かの拍子で、竿を振り回すことも考えられるので、斧のような鋭角を持った石と岩を使って、錘《おもり》を除き針素《はりす》を切り、針を取った。針は先を潰《つぶ》し、岩の下に埋めた。日差しが強くなった。雲間から漏れる陽光が脚光のように砂地を照らした。淵際の足場のよいところに戻った。鬼ヤンが来た。

「早いな、何か仕掛けをしているんじゃあないだろうな」

「どんな?」

「落とし穴とか」

それは考えなかった。その手があったのだ。相手の行動力を奪い、それほど相手を傷つけることにならない。もっと早く教えてほしかった。「いや」といいかけて、言葉を濁した。

「知らない」

ことさら、二人の間のある地点に目をやる。鬼ヤンはどう判断してよいか、迷う目になった。

「ボクはそういうことをするやつじゃない。そういう卑怯者ではない」

返事をしない。

「これは掘っていないね。確かだね。どこにもスコップがない。俺を落とすにはよほど深い穴を掘らなければならない。手では無理だ。はじめよう。かかってこい」

挑発には乗らない。ただ、黙って立っている。

「わかった。俺を水に引き込もう、という作戦だな」

鬼ヤンが作戦を見抜くことはわかっていた。そんなことはこちらも承知だ。問題はどうやって水に引き込むかだ。

「そうは問屋がおろさない。俺のほうがボクの十倍は力が強い。俺がボクを穴に埋めてやる。あればだけど」

落とし穴にこだわっている。

「かかってこい。にらめっこじゃないんだ」

どういわれても動くつもりはない。勝つにはなんとしてでも淵に引き込むしかない。日差しが強い。川の水に反射した日差しが鬼ヤンの目を射ている。泰三は砂上の釣り竿を左手にとり、身体を斜めにして鬼ヤンに対した。

「俺を釣ろうというのか。ボク、思ったほど利口じゃないな。トンボは釣れても、鬼ヤンは釣れないぜ」

泰三は釣り糸を淵に投げた。

「そっちが来るまで釣りしている」

「やっぱりボクは抜けている。釣り針のついてない竿でどうやって釣るんだ。長い間、日に当たって、頭の皿の水が乾いて考えられなくなったか」

河童の魔力は皿の水にあるとされている。この水がなくなると神通力が失われる。

「魚を釣るんじゃない。天下を釣るのだ」

「天下とは大きく出たな」

「昔、太公望という人は実際に天下を釣った。宰相になった」

「ボク、宰相になるつもりか」

「わからない」

「なれない」

「どうして」

「俺がなるからだ」

言葉を終《しま》いまでいわずに鬼ヤンは不意に突っかかってきた。この動きは十分予想していた。釣り竿を捨てて組みとめた。鬼ヤンの突進は淵を意識してか抑制されたものである。あるいは落とし穴の危険を考えたのか。全力であたってこられたら淵に跳ね飛ばされていた。鬼ヤンは両腕で泰三をとらえ淵から引き離そうとした。熊に引きずられるような感じである。淵から離されたら勝ち目はない。持ち上げられ、淵とは反対方向に放り投げられそうになるのを泰三は右足を鬼ヤンの左足にかわず掛けのようにかけてこらえた。右手を相手の鼻腔にかぶせて息をとめた。鼻息は手に生温かく気色が悪かったが、あれこれいっている場合ではない。息の苦しさに鬼ヤンは手を少しゆるめた。泰三は身体を預けるようにして鬼ヤンの左足にかけた、かわず掛けを深くした。鬼ヤンの左足を軸に二つの身体はくるりくるりと入れ替わった。そのとき、釣り竿を踏んだ。足が滑り姿勢が崩れた。鬼ヤンをつかんだまま淵に落ちた。抱きすくめられては一緒に溺れることになる。そのまま、潜った。鬼ヤンは水面に浮かびあがろうともがく。その両足を下からつかんで引っ張る。頭を蹴られないようにかわし、底に底にと引っ張る。鬼ヤンが水をのむのがわかる。動きがにぶくなった。河童になられては困る。足首を離し鬼ヤンから少し距離を置いたところに浮かびあがる。鬼ヤンが力なく水を両手で叩いている。

「もうやめよう」

鬼ヤンは、ぜいぜい喉を鳴らしながら同意した。

「やめよう」

二人は岸辺にあがり、並んで大の字に横たわった。すこしたって鬼ヤンがいう。

「ボク、いたずら河童のように悪智恵《わるぢえ》があって、すばしこいな。俺にかわず掛けをかけるクソ度胸もある」

「かけたのではなく、自然にそうなった」

「俺、かわず掛けかけるの遠慮したんだ。危ない技だから、本当だぜ」

「わかっている。張り手もつかわなかったしね」

「本当に怒っているとか、憎いとかでなければ、普通はいきなり頬っぺたを張ったりすることはできないよ」

取っ組み合いをしたせいか、水に洗われたためか、二人の間にわだかまっていた雲のようなものは消えた。二人が抱く感情に対してこだわらないという暗黙の了解が成立したのである。お互い、口に出していうことはなかったが相手を友達として認めた。どちらからともなく大声で歌った。

ワレハカワノコサラアタマ
サワルデベソノシリコダマ

泰三と鬼ヤンは知らないことであったが、そこから少し離れた木かげに先程らい二つの人かげが彼らを見守っていた。彼らの歌をきいて二つの人かげは笑いながら去っていった。

その後、泰三は、夏江と一緒になることを少し控えた。堂々と戦ってくれた鬼ヤンに悪いような気がしたのである。夏江に対する想いが弱くなったわけではない。気持ちはさらに強くなっていた。ただ、これまでのような焦燥《しょうそう》に炒《い》られるようなものではなく、少し余裕を持ったものになった、ということである。

秋になり、一家は東京に戻ることになった。泰三はこのままずうっと河津にいたかった。けれど、自分だけが残るというわけにもいかない。伊豆野家に挨拶にいったとき、泰三と夏江は、それぞれの両親の話の輪から離れ縁側に二人で座っていた。

「泰君、いつかわたしと泳ぎたいといっていたわね。明日、二人で泳ぎにいかない。夏休みももうすぐ終わりだし、泰君、東京にいっちゃうでしょう。沖に向かってどこまでも泳ぐの」

「どこまでも?」

「そう、どこまでも」

二人はどこまでも泳いだ。実際のところ二人が泳いだのは岸から三千メートルほどの沖合で、二人とも水平線まで泳げそうな気がしたが、自然とどちらからともなく水を掻く手をとめた。岸の方に向き直り、立ち泳ぎをする。山の上の空に羊雲がある。

岸に戻る体力を回復するために波の上に寝た。離れていると波に流され別々になる。自然に手をつないだ。手をつないだまま、両脚、片手で浮力を保つ。太陽は今、真上にある。目をつぶった。不意に夏江がいった。

「泰君、死んだらお墓に入る?」

「夏江さんは?」

「わたしは入らない」

「どうして？」

「お墓って石でしょう。それに暗いし、じめじめしている。わたし、重いのや暗いのじめじめは嫌い」

「じゃあ、どうするの」

「お骨を海にまいてもらう」

「どうしたらそんな風にしてもらえるの？」

「自分の希望としてそう書いておくの」

なんだか、とてもよい考えのように思われた。

「ぼくも書いておこう」

「それがいいわ。海はみなつながっているから、どこにまいてもらっても世界を旅することになると思うの。それに生命は海から来たというでしょう。海に還《かえ》るのはとても自然な気がする」

光をいっぱいにふくんだ波に揺られながら、泰三は夏江のいうことをきいていた。どうして、夏江がいきなりこんな話をしたのだろうか、と思いながら。その理由を尋ねることが出来なかった。

岸に戻った夏江は、髪と水着の身体を拭くとそのままワンピースをはおった。泰三も同じようにしてシャツと半ズボンを身につけた。身支度が整うと夏江はタオルを入れて来た籠の取っ手につけていた鈴を取り泰三に差し出した。

「これ福鈴、泰君にあげる？」

「でも福鈴でしょう。夏江さんの福をもらうの、悪いです」

「大丈夫、わたし福娘なの。今まで幸せだったし、これからも幸せでいようと決めているの」

家への分かれ道に来たとき、夏江は「元気でね」と一言だけ口にして、振り返らずにそのまま木立の間に見えなくなった。泰三は淋しさと同時に、なにかほっとした気持ちもあった。さようならの言葉はきらいだ。以前、泰樹がフランス人は別れを小さな死というと教えてくれた。このとき、泰三の中の子供心の一粒が消えた。かわりに一粒の大人の心を得た。以来、夏江には会っていない。鬼ヤンとのつき合いはつづいている。

鬼ヤンは少年の日の計画通り、弁護士になり、『一富士、煮炊き、三、三郎』の売り込み文句を繰り返し、国会議員になり当選回数をのばしてきた。富士山は日本人がよって立つ日本の国土を象徴する。煮炊きは暮らしの根幹であるというのが、メッセージである。入閣の経験はあるが宰相にはならなかった。権謀術数の階段を上るには人柄がよすぎた。少年時代にかわず掛けを自分に封じた鬼ヤンは、河津掛けの三郎と自称はしても、実際にそれを使うことはなかった。鬼ヤンにくらべ泰三の歩みはごく平凡である。ヨーロッパの教育財団に職を得て定年より早くに退職した。このあたり、という潮どきを感じたのだ。これまで何でも自分の内なる潮どきに従ってやってきた。非営利機関である。経済的な面は自《おの》ずと限られた。そのかわり自由に仕事をさせてもらった。世界を旅し各国でカフェのはしごを楽しんだ。いろいろな国の灯台を訪ねた。その白い足元に腰を降ろし、終日ただ寄せては返す波を眺めて過ごすとき、いつも伊豆の海を思い出した。振りかえると、河童は社会の水に潜りっぱなしである。自分ではまあまあの足取りと思っている。自分自身の灯台にも誰かの灯台にもなれたという自信はない。ただ、意図して他に影を落とすようなことはしてこなかった、と思う。古人は『干潟遥《はるか》なれど磯より満つるがごとし』と教える。釣りをしていて、ふと気がつくと満ちて来た潮に足首を洗われていることがある。今、時の潮は足元に迫っている。昨年、古希を迎えた。泰樹、有子の没年をすでにこしている。時間のあるうちに河津に居を移し残された夏休みを過ごすかどうか。

鬼ヤンは最近、政界を退き河津に生活を移した。泰三にもそうするよう誘う。

「デンマークだったか人魚の像があるだろう。あれにならって河津に河童の像を作ろうと思うんだ。彫刻家に頼むことも考えたが、自分で作ったほうが楽しいような気がする。一緒に作ろう」

二人で土をこねて河童像を作るのは面白そうだ。ただ、北の政所《まんどころ》が首を縦に振らない。共感は口にするが、同意はしない。

「気候、食べ物のいいのはわかります。でも、わたしの友達、誰もいませんから」

こういう風に出られると反論がむずかしい。友達は貴重だ。齢《とし》を重ねるといよいよその存在が大きくなる。

「ぼくの友達を友達にすればいい」

「歳《とし》をとってから新しい友達を持つのはいいですね。でも、友達というのは、小学生のときに一緒に遊んだ同級生とか、近所の子とか泰三さんのよくいう老朋友《ラオポンヨウ》なんですよね」

老朋友のよさは、鬼ヤンに明らかである。

「どうしてもというなら一人でどうぞ」

実はこれも考えた。泰三の理想の男女のあり方は平安期の通いである。どんなに心を許す相手でもいつも一緒というのは息苦しい。問題は経済だ。東京と河津と二つの生活を維持するにはいささか手元が危うい。先日、鬼ヤンから電話があった。

「夏江さん、来年の夏、河津に帰ってくるらしいぞ」

夏江は京都の大学に進み、そこからアメリカに留学し、向こうの人と一緒になった。夫を数年前になくし今は猫と二人だけの生活である。

福鈴は今も手元にある。地中海に旅したときに買った徳利ほどの大きさの広口瓶に入れてある。瓶の色はターコイズブルーである。河津の夏の海の色だ。クッションがわりに入れてある砂は河津浜のものだ。自分だけの河童の瓶だ。折に触れ、瓶を取り出して眺める。鈴を鳴らしたことはない。鳴らさなくとも、鈴音は誕生日のあの曲に重なって泰三の中にきこえている。

夏ミカンの匂いのするひまわりの日々への郷愁が、胸に満ちた。人生一夏の夏休みだ。

了

メッセージ部門

最優秀賞、優秀賞　作品

最優秀賞

レアイズム

秋永《あきなが》　幸宏《ゆきひろ》

ハワイは一年で約二センチずつ、日本に近づいているそうです。単純計算で二百キロ進むだけでも一千万年かかります。

ハワイより一足先に、今から百万年前に日本に到着したのが伊豆半島です。太平洋南方からプレートに乗って、待ち構える海溝に沈むことなく、まるで富士山形成を見物に来たかのような位置で、日本の一部になりました。

富士箱根伊豆国立公園に所属している伊豆半島は、富士山と地脈を通じているかもしれません。地脈とは地下でのつながりという意味です。唐突ですが竹取物語で、かぐや姫を迎えに来た月の使者がもたらした不死の薬は、帝《みかど》の命令で富士山火口に投げ入れられました。その薬が地脈を伝って伊豆の地下に及び、温泉に混じって湧き出ているとしたら、伊豆の温泉の効能は不老長寿ということになります。

竹取物語は平安時代前期に書かれたという説がありますが、それよりも前の奈良時代には、伊豆はすでに伊豆国《いずのくに》という名を持っていました。伊豆から都に干しアワビを納めた記録が残っています。それから千数百年経った今も、伊豆の海にはカジメ（貝が好む海藻）の林が広がり、潜れば水をかく肘にゴツリゴツリと当たるくらい多くのサザエがいます。水中眼鏡越しに見ると、肘でカジメからはがれたサザエが、ゆっくり回転しながら海底へ落ちていくのです。サザエばかりでなく、アワビやイセエビもまるで団地かと思うくらいの密度で、岩穴にたくさん集まって生きています。

海いきなり山の伊豆ですから、海に負けず山も物凄《ものすご》いです。例えば野生のシカは峠の道路脇によく出没します。ガードレールの向こう側に呆《ほう》けているように立って、こちらを見ていることがしょっちゅうあります。自動車を止め、窓を開けて「オイ」と声をかけると、初めてハッとしたように林の中へ逃げ込みます。逃げるうちに自分が何故《なぜ》逃げていたのか忘れてしまうらしく、数歩で立ち止まってこちらを振り返ります。深夜静かに座って一時間も待てば、シカは高確率で近くに来るでしょう。野生のシカをギュッとしたければ、それはじゅうぶん可能なことだと思います。

レアでリアルな伊豆の存在は海や山だけではありません。ある夜コンビニへ買い物に行きました。入口の自動ドアが開くのを待つ間に妙な音を聞きました。カサコソ、ギリギリ、のような音でした。足元を見ると、なんと沢ガニがクワガタを襲っていたのです。カニのハサミに挟まれお腹を見せているクワガタは、それでも六本の脚をしきりに動かしていました。そこに人の気配が降りたわけです。それを察知した沢ガニはさっと逃げて行きました。しかしクワガタも同じ方向へ逃げたのです。もしかしたら一緒に遊んでいたのかもしれない、とも思いました。

伊豆ではいろんなことが起こります。カーブを曲がった瞬間その正面に、どこからか逃亡してきたクジャクが、仁王立ちしていることだってあります。急ブレーキで自動車を止めると、数歩近寄ってきて羽をさーっと広げました。後方から来る車に衝突される危険も忘れて、すっかり見とれてしまいました。伊豆で油断してはなりません。

伊豆の暑い夏、観光シーズン前の七月初旬、国道や県道は草刈作業が行われます。きれいさっぱり刈られた路肩に、なぜか野百合《のゆり》が一本だけ残っているのを見かけます。それはきっと、草刈作業員が刈らずに残したものに違いありません。野百合の花弁の白さは、その作業員に恋をしているような清らかさで、渋滞を避ける回り道があるにもかかわらず、それを見たくてわざと渋滞の国道を選ぶことがあります。人と自然が寄り添ったとき、そのどちらもが健やかになれます。伊豆では自然との会話がいくらでも成り立ちます。

春、新緑に包まれた山々。その遠景の中に点在する優しいピンク色。それは一年の内たった二週間ほど、ここにいるよと所在を教えてくれる野生の桜です。毎年それを見るたびに、懐かしい友人に再会した気分になります。

秋、刈り取りを終えた田圃《たんぼ》の畦道《あぜみち》に、群れて咲く彼岸花。秋の気配を感じながら家に戻ると、庭にはまだ百日紅《さるすべり》やおしろい花といった夏の花が咲いています。秋は夏を含み夏は秋を見届ける。季節には糊代《のりしろ》のようなものがあります。もし人生にも糊代があるとすれば、出会うことの喜びや感動もそのひとつだと思います。旅には人や自然との出会いがあり、心に響く感動があります。今までを見詰め直し、そこから未来へつなげていくことができます。

今も老若男女たくさんの人たちが伊豆を訪れます。元来が南方からの旅人だった伊豆半島だからこそ、伊豆はその人たちに優しいのかもしれません。

優秀賞

高天神《たかてんじん》の町《まち》

鈴木《すずき》　めい

暗い森でした。どこまでも続いているかのような石段でした。人は片手に棒を持って、ゆっくり足を動かします。一段、一段、そしてまた一段。三日月形の小さな池を通ります。飲むような水ではないでしょうが、なんとなく透き通っていて美しい。岩肌から滴が零《こぼ》れ落ちて、池に吸い込まれる。ぴしゃり、と色鮮やかな金魚が動くのです。なんとなく、癒されたような気持ちになって人はまた石段を昇ります。そして、昇りきったその場所には、この町の素朴で、しかし雄大な景色が広がっているのです。

私の家の近くには、〝高天神城《たかてんじんじょう》〟と呼ばれる城址《じょうし》があります。かつては小笠原一族の元にあり、戦国時代には武田の軍と徳川の軍が戦った場所でもあります。切り立った崖ばかりで、山も急。そのため「難攻不落の城」とまで言われた城です。

山全体が、城と考えていただきたいです。山に入れば途端に、なにか違った空気を感じると思います。館《やかた》は焼けてしまいましたが、それでも様々な物が残されています。石造りの館の土台を見ることができますし、ちょっと険しい道を行けば石碑があります。もちろん戦死者の石碑です。それに多少崩れてしまったのですが、石牢《せきろう》もあるのです。そして何より、神社があります。入り口からそう遠い場所にあるわけでもなく、訪れやすい場所だと思います。木々の中にあるその神社は、なんとなく神秘的です。そして楽しいことに、神社の柱にはノートと鉛筆が掛かっています。開いてみるといろんな人の名前とメッセージが記されている。訪れた人が書いていくのです。

まだまだ、不思議な場所や、逸話の残っている場所は多くあります。不思議で、少し不気味で、しかし神秘的な城。それが、この高天神城です。

私は、身近にあるこの城について、そんなに意識して生活してはきませんでした。しかし、この地域に対して、この城が大いに影響を与えているのです。それについて三つほど例を挙げたいと思います。

元旦。初日の出を見るなら、どこに行きますか？　私は、高天神城なのです。私だけではありません。朝早く行けば、地域の人がたくさんいます。神社の奥の広場のようになっている場所では、地域の方がお汁粉や甘酒を配ってくれます。初日の出という何とも神々しい気持ちになれるものを、温かいご馳走《ちそう》と一緒に楽しめます。地域の人たちとの関わりが、また温かいなぁと思います。

次の例は、小学校の運動会です。近くの小学校では、運動会の競技に「風雲高天神城」というものがあります。騎馬戦ですが、一味違います。出場する子は皆、鎧《よろい》をつけ、大将は兜《かぶと》もつけます。もちろん、ダンボール製の作り物です。子供たちは、〝武田軍〟と〝徳川軍〟に分かれて競技をします。土まみれになりながらも、大将を倒さんとする姿は、小さいのに勇敢に見えてきます。

三つ目の例は祭りです。

毎年、三月の最終日曜日に、城址では祭りが行われます。出店がズラリと並んで訪れた人を迎えます。若い女性が〝高天神踊り〟なるものを披露してくれます。どちらかというと、イベントに近いのかもしれません。また、〝戦国汁〟というものを賞味できます。何かといえば、豚汁に近いものだといえます。山でとれるものを基準として作られています。肉も本来は猪《いのしし》の肉を使うようです。

この城は、相当な影響力を持っているようで、地域とこんなにも密接に結びついています。〝郷土の伝統〟というものでしょう。水田や茶畑ばかりの土地に、ズンと大きく尾根を張る、その姿はなんと雄大に見えることでしょう。その存在は、人々にとって本当に重要なもののようです。

私は先日、この城に何気なく赴いてみました。慣れないとなかなか苦しい道ですが、結構な達成感は得られます。うろうろと歩いていると、中老の夫婦に出会いました。夏ごろでとても暑い日でしたが、お二人とも楽しそうに歩いてました。いいなぁと思っていると、私に気づいたようで、「こんにちは」と穏やかに挨拶をしてくれました。とても嬉《うれ》しかったです。温かい気持ちになり、私も挨拶をしました。それから、私はお二人と一緒にうろうろと散策をしました。

この城には、様々なところから様々な人がやってきます。家にいれば決してなかった出会いがあります。「はじめまして、こんなところまで来られるなんて、物好きですねぇ。」とかいうそんな関わり合いが、とても良いのです。

きれいに整備されているわけではない、草の多い山。鳥も、虫も、魚でさえ生活している山。戦跡というのは、決して美しいものではないでしょう。樹齢の古い木などは、きっとその身に何かを秘めていることでしょう。神秘的な自然に囲まれるとそのことを忘れそうになってしまいます。この城は、きっと多くのことを伝えようとしているはずです。

ぜひ、都合がよろしければ訪れてください。あなたにも何か、感じることがあるはずです。

優秀賞

ある日《ひ》の出来事《できごと》

鈴木《すずき》　美春《みはる》

私の朝は一杯の緑茶（静岡県産）から始まります。朝食をとったあとは、デザートに青島みかんを食べます。朝からビタミンの補給は完璧です。お父さんがＹＡＭＡＨＡのバイクに乗って出掛けると同時に、私は学校へと向かいます。学校に歩いていく道では、いつもの穏やかな風景が広がっています。深い緑が鮮やかな茶畑やビニールハウス。ビニールハウスから出てきたおじさんは、イチゴを抱えています。きっと紅ほっぺかなあ。今日のお弁当に入れてくれたかなあ、なんて思いながら挨拶を交わします。

学校に着くと、友だちといろいろなことを話します。どうやら友だちの一人は、次の連休は家族で伊豆に出掛けるようです。温泉に入って、肌すべすべになって帰って来る！　なんて言っている友だちをちょっとうらやましく思ったりもしますが、私も御殿場のアウトレットに行くので、自慢しかえしてやります。無類のお酒好きである両親は、ショッピングよりも、その後に飲む高原ビールを楽しみにしているようですが、私も二十歳になったら飲みに行きたいものです。

お弁当の時間になると、みんなが急に元気になります。私のお弁当には残念ながら紅ほっぺはありませんでしたが、かわりにうなぎパイが入っていました。夜のお菓子とうたっているけど、昼に食べるうなぎパイも格別においしいものです。

放課後になると部活に行く子、友だちと喋《しゃべ》る子、まっすぐ家に帰る子など、様々です。山岳部の友だちと話をしていると、長期休暇に富士山に登ろう、と誘われました。富士山から見える景色は最高だよ、と熱く語られましたが、私は麓の茶屋から見える富士山を熱いお茶を飲みながらゆっくり眺めたいので、丁重にお断りしました。もっと体力をつけたら登るのもいいな、と思いますが。

また行きと同じ道を通って家に帰る途中、犬の散歩をしているおばさんに出会いました。おばさんはきょう、焼津に行って来たそうで、サクラエビをお土産に持って行くわね、と言ってくれました。私はサクラエビの天ぷらが大好きなので、お礼に今度、茶摘みの手伝いをすることを約束しました。

家に帰ると、お父さんが帰って来ていました。明日、新しいバイクを買いにYAMAHAに行くと言っています。私は明日、友だちと祭り用品を買いに行くつもりです。浜松祭りをはじめ、祭りごとに必ず参加するほどの祭り好きなので、すごく楽しみです。そう言えば、今年の浜松祭りに向けてのラッパ練習も始まるなあ、なんて思いながら、おばさんのくれたサクラエビを食べて、一日の締めくくりにまた緑茶（静岡県産）を飲みました。

私のある一日の様子です。ほんわり、のんびり、ゆったりとした一日、一日は、とても充実していて、楽しいことばかりです。静岡に生まれてよかったな、と思いつつ、また明日、私は緑茶を飲んで、朝を迎えます。

優秀賞

友情《ゆうじょう》と伊豆《いず》

細谷《ほそや》　幸子《さちこ》

私は伊豆に特別な思いを持っております。掛け替えのない親友が下田《しもだ》に住んでいるのです。彼女（Tさん）は今、八十五歳、私はもうすぐ八十四歳。二十歳前からの学友です。

太平洋戦争末期、横浜大空襲で学校は全焼、クラスメートの何人かはその時以来行方知れずで卒業名簿にもない、という混乱の中、繰上げ卒業までのたった二年半、短い学生生活が生涯の友を作ってくれました。

多感な青春時代を異常な世相の中で過ごしましたが、喜びも悲しみも肉親以上に判《わか》り合える友人に巡り会えた事は、それ丈《だけ》であの当時の辛さが帳消しになる程幸せな事です。

Tさんは下田出身でした。卒業後下田に戻り、以後下田住まい。お互いその後の人生の出発。家族ぐるみのお付合いがずっとずっと続き、主人も伊豆が大好きになり、四季折り折り飽きる事のない伊豆半島の山へ海へとTさんを訪れ乍《なが》ら、数え切れない回数ドライブをしたものです。

吊《つる》し雛《びな》昔遠流の伊豆の海

半島の先に半島冬霞《かす》む
汐騒《しおさい》の島の坂道やぶ椿《つばき》

その頃の伊豆の旅を思い出した句です。伊豆全体のおっとりした暖かさが好きです。私は又《また》、伊豆急の「踊り子号」で海を眺め乍らの下田行きが大好きでした。Tさんに会いにふらっと乗り込みました。丁度《ちょうど》良い小旅行で、気分のリフレッシュに最適です。こうして二つの家族の親交のドラマは続きました。

そして長い人生の旅も終盤の今から五年程前、主人が病を得、闘病生活の為《ため》、私も一緒に現在の老人ホームに移りました。そして三年半の闘病の末、昨年六月他界しました。老衰で苦しくない穏やかで静かな八十七歳の最後を迎える事が出来ました。まだ心の穴を埋められずにおりますが、良い別れが出来たことに感謝しつつ、先日一周忌を済ませました。闘病生活の間、Tさんも下田から度々足を運んで下さいました。そんな或《あ》る日、私が一寸《ちょっと》席をはずした時、主人がTさんに、「僕が居なくなったら幸子を頼むね」と主人が言ったと告げられた時は言葉もありませんでした。主人もTさんの友情を信じ、心の支えを頼んでいたのです。

夫の葬終へし時より梅雨に入る

この数年、彼女は時々泊まって行ってくれましたが、私は、介護、そして夫亡きあとは必要以外は外出する気にもならず、伊豆へもすっかり御無沙汰《ごぶさた》でした。〝懐かしの伊豆へ行ってみよう〟という気になりましたのが去年の秋の終わりでした。洋服に黒い小さなコサージュ、バックには主人の寫眞《しゃしん》を入れ、主人と一緒の伊豆行きです。

長年、主人と天城越えをしたり、海岸を走ったり、「水仙を買いに来たわよ」とか、「猪鍋《ししなべ》を食べに来たの」などと言って突然Tさんの前に現れ、驚かせたりもしました。何度も数え切れない程伊豆に行った事を「踊り子号」の座席に沈みながら二時間、懐かしく思い出し、目の前の景色が見えない程涙が溜《た》まって了《しま》いました。

水仙の香を拾い行く荒磯かな
猪《いのしし》の毛皮を吊し山の宿

この下田行きは大成功でした。胸につっかえていた主人への思いをTさんに吐き出し、二泊三日ホテルで喋《しゃべ》りました。彼女の聞いてくれた事が深い癒しになりました。

椰子《やし》の木を植えめぐらした芝生《しばふ》の前庭をホテルのダイニングから眺め、その先には光る海、下田港への出舟入舟、七島をはるかに望み、美味《おい》しい地産の御馳走《ごちそう》も堪能し、心を軽くして帰る事が出来ました。

これに味をしめ、今年初夏、主人の一周忌の法要が済んだところで又、この小旅行を試みました。同じホテルで同じ景色を眺め乍らやはり二泊三日、心通ずる友との会話、その時急に疲れを感じました。張りつめた心がゆるんだのでしょうか。

二人で、「ねえ、いつまでこうして行ったり来たり出来るのかしら」と話し合い乍ら、年齢を感じて不安になったものです。その時は黒船祭りで賑《にぎ》わう町をあとに名残惜しく帰路につきました。

崎山のなだりの坂に石蕗《つわぶき》の
　海風受けてつややかに生ふ

その時の歌です。

伊豆の幾重にも重なる山々、出で湯《い》、明るい海、美味しい御馳走、細やかな人情、伊豆を愛して已《や》みません。

六十年余り紬《つむ》ぎ続けたTさんとの友情は、人生の終わりに向かって、伊豆を舞台にますます健在です。

「足袋《たび》要らぬ土地よ」と伊豆に住む友は
腕一ぱいに菜の花抱いて

優秀賞

懐《ふところ》ひろ〜い

日向川《ひながわ》　伊緒《いお》

大学時代に知り合った東京の子曰《いわ》く、

「静岡県出身？　じゃあ、伊豆地方なんだね」

静岡県民にとって、西部、中部、東部伊豆地方と分かれていることは常識だが、関東住民は、毎日の天気予報で聞く「静岡県伊豆地方」という一句が頭に刷り込まれているため、静岡県イコール伊豆という思い込みの人も結構いるようだった。

名古屋の友人曰く、

「東名高速で東京に向かうと、行っても行っても静岡県から出られないんだ。長いんだよね、横に」

「そりゃあ、そうだわ。元々、伊豆の国、駿河《するが》の国、遠江《とおとうみ》の国と三つ別の藩だったのが、廃藩置県でひとつの県になったんだから」

「だから、同じ県民でも、気風が地方によって違うんだな」

「ご明察。安倍川《あべかわ》、大井川、天竜川と大河で分断されてるから、静岡県民とひとくくりにはできないのですよ」

北陸の知人曰く、

「静岡は、日本のカリフォルニアですよね」

どうも一般に雪国の人は、陽光あふれる静岡県のイメージをかなり美化する傾向にある。しかし、日本のカリフォルニアとは、言いえて妙。

四国出身の友曰く、

「富士山がいつでも見られていいですねえ」

静岡県は広いから、県内どこからでも富士山が望めるわけではない。

静岡市で会社経営の浜松出身者曰く、

「静岡の人間は、現状にすぐ満足する。浜松のように気骨のある人間が少ない。これは徳川時代から譜代大名の城下だった名残かもしれない」

う〜む、この説に関しては、双方の気質を一刀両断できるほど熟知していないため、ノーコメントとさせていただく。

北海道出身の友人曰く、

「あなた、静岡県出身だから、甘いというか押しが足りないのよ」

北関東出身の友人曰く、

「あなたのダイナミックな性格は、いかにも遠州出身らしいね」

三河出身の知人曰く、

「遠州は、三河みたいなもんだよね。静岡県に入れられたのが間違いだ」

これら三人の方、言ってることは正反対だったりするが、いちいち肯《うなず》ける。

関西出身の知人曰く、

「静岡名産といえば、うなぎ、安倍川餅に、わさび漬けだよね」

はい、そのとおり。新幹線の車内販売で有名だから、東京と大阪を昔よく新幹線利用した人には、これが静岡県の味、として舌に染込んでいるようだ。

日本にある全《すべ》ての都道府県のうち、静岡県というのは、誰でもぱっと印象を口にできるほど、
かなりよく知られた県ではないだろうか。
そして、その印象の多種多様なこと。
げに懐深き、静岡県。

優秀賞

おだっくいの国《くに》、シゾーカに行かざあ

藤岡《ふじおか》　正敏《まさとし》

シゾーカは、沖縄でもなければ、北海道でもない。南北に伸びる日本列島の、ほぼ真ん中にあるじゃん。太平洋に面し、南アルプスに抱かれ、魚もうまけりゃ、お茶や蜜柑《みかん》や山葵《わさび》もうまい。それに最近は、黒はんぺんのシゾーカおでんでも有名になったずら。景色だってきれいさ。興津《おきつ》から薩埵峠《さったとうげ》を由比《ゆい》に越えていくと、目の前に富士山が映え、青々とした駿河湾の向こうに伊豆半島も眺められるずら。

でもやっぱし、シゾーカといやあ、何といったって、おだっくい気質丸出しのシゾーカ弁が一番ずら。いっぺん、聴いてみてごう。

昔から「唄はちゃっきり節、男は次郎長」って歌われてきたけんが、言葉の存在自体、希薄になってしまった今のような時代にこそ、シゾーカ弁みたいな方言を復権させなくっちゃ、いけないずら。

いまやテレビの悪影響で、全国どこへ行っても、味も素っ気もない薄っぺらなニホンゴしか聞かれなくなってしまったじゃん。なんて、つまんないずら。どうして、その地方にしかない独特の味わいのある方言を、しゃべらなくなってしまったんずら？　いまどき、方言丸出しでしゃべることは、そんなに恥ずかしいことなんか？

いや、そんなことないずら。地方文化の維持に貢献できるじゃん。

名古屋に行きゃあもナゴヤ弁、京都に行かはったらキョウト弁、高知に行ったらトサ弁があるちゅうきに、静岡に来りゃあ、いかにもおだっくいなシゾーカ弁が、たっぷり聞かれるじゃん。

だからさあ、シゾーカに来てごう。浜名湖の鰻《うなぎ》でも袋井のメロンでもうまいもんを食って、大井川鉄道で川根の茶畑のきれいな景色を見て、そのうえシゾーカ弁を聞くことができたら、最高じゃん！

言っておくけん、いまの若い人っちは、恥ずかしがってシゾーカ弁なんかしゃべらないけんね。生粋のシゾーカ弁を聴きたきゃあ、繁華街を歩いただけじゃだめだだよ。できるだけふつうの町を自分の足で歩いて、できるだけ六十は超えている人っちに訊《き》いてみることだだよ。

「おお、こんなとこまでよく来てくれたっけね。どっから来たずら？　何もないけんが、まあゆっくりしていってや」

うまくいきゃあ、その人っちから、とっておきのいろんな話を聞けるかも知れないだよ。

シゾーカの人っちは、めったに雪なんて降らない温暖な気候のせいだか、性格がおっとりとしている。いや、それじゃあ褒めすぎになるじゃん。ありていに言やあ、大雑把《おおざっぱ》で、おっちょこちょいで、いい加減なとこん多分にある。つまりは、「おだっくい」な性格だ。それぞれ勝手に気炎をあげて、調子よくオダを食う人っちん多いってことだだよ。

だけん、それでもいいじゃん。こんなに自然に恵まれたシゾーカだもん、性格だっておだっくいになっちまうずら。北国の人っちみたいに慎重に考えて行動しなくなるのは止むを得ないし、かといって、南国の人っちみたいに開けっぴろげにもなれないずら。

シゾーカは日本列島のちょうど真ん中で、あのタヌキ親爺《おやじ》の家康ん隠居地に定めたくらいだもんで、両極端には動きにくい土地柄さあ。東京に近いけんが、東京そのものにはなり切れっこない。大阪みたいな商魂たくましいヴァイタリティーにも欠ける。おだっくいが多くてさあ、所詮《しょせん》、どっちつかずの中途半端にしかなれないずら。

そんでも、シゾーカにはシゾーカにしかないもんがある。それを自分で見つけるために、シゾーカに行ってみざあ。おだっくいばかりじゃないだよ。中には、とっぽい奴《やつ》もいるからね。たまにしかいないけんが、機を見るのに敏《さと》い奴もいるだよ。こんなぬるま湯んみたいなシゾーカに、そんなとっぽい奴を見るのは、きわめて珍しいけんがね。

うまいもんは金になるから、どの衆も大切に守っていって、いつまでも残っていくずら。だけん、方言なんて金にならないから、みんなが使わなくなっちゃあ、そんでおしまいさ。どんどん廃れていく一方ずら。

そうなっちゃあ、もう復活できっこないじゃん。だからさあ、まだ残っているうちに、伝えていくようにしなくっちゃあ、だめずら。言葉って使ってなんぼで、使われなくなったら、一円にもならないもんだもん。

いまの中学生や小学生が、もっともっと、シゾーカ弁を使うようになってくれりゃあ、すっごくいいけんがね。そうすりゃあ、このかったるいシゾーカも、まあちっと、本当の元気ん出てくるずら。

ほうか、ほうか、シゾーカってそういうとこか。それじゃあ、一回行かざあ。じっさいに行って、自分の耳でシゾーカ弁を聞いてみぜえやあ。

選評

小説・随筆・紀行文部門

突如出現せよ

三木　卓

コンクールというものは、だれでもが、なるほど、と思うような作品が選ばれやすい、といわれる。小説の世界も例外ではなく、とにかく認められるためには、コンクールで入賞しなければならず、そのためにはどうしたらいいか、ということをいつか応募者は考えてしまう。私も例外ではなかった。

しかし、すごい才能は、既成概念と地続きではないところから突如出現したりするものだ。選考する者は、それに気づいて注目する能力がなければならない。だが、そういうものは書くのも大変だし、見出すのも大変だ。だから選考者は、選びきれないかもしれない。

選考者として、それでは失格で、私は失格者であり続けたかもしれない。しかし、すごい才能というものは、突出していく力を自らそなえているはずだ。そのコンクールでは選ばれなくても、そういう人はきっと自力で出てくる。いいわけめくが、決していいわけではない。

第十四回伊豆文学賞の最優秀賞には、前山博茂《まえやまひろしげ》氏「はよう寝《ね》んか　明日《あした》が来《く》るぞ」が選ばれた。時代は、昭和三十四年。この年、今上天皇御成婚もあり、敗戦日本は上むきの発展をはじめていた。主人公はもと筏師《いかだし》のこどもの中学生。鴨一《おういち》というその名は鴨緑江《おうりょっこう》で父親が出稼ぎで働いていたところからつけられた。ものがたりの中心は、途絶えていた大井川の筏流《いかだなが》しを復活させるという企てで、この父子のほか、友人の父娘、主人公の親友の計五人で激流を下っていく、という壮烈な冒険である。その描写には迫力があり、思わずひきこまれた。のぼり坂の時代に在った若い主人公たちの心意気が、野太く描かれた。あらっぽいところもあるが、この爽快感を大事に思いたい。

優秀賞の宇和静樹《うわせいじゅ》氏「空《そら》を飛《と》ぶ男《おとこ》」も、ひときわ目立った。江戸時代の駿河《するが》に、グライダーのような原理で空を飛んだ人物がいた、ということを私は知らなかったので、びっくりした。権力が許さない、というのもおどろきだったが、それにさからっても飛びたいという欲望を、その対立のなかで、もっとなまなましいものとして描いてくれたら、さらに私はうれしかった。

佳作の南津泰三《なつたいぞう》氏「河童《かっぱ》の夏唄《なつうた》」は、河津の回想の上に描かれた懐かしい風景で、文章に才気とユーモアがある。だがそのためかどうか、すっとはいって行きにくいところがあって、ちょっともどかしかった。同じく佳作の松山幸民《まつやまゆきたみ》氏「鬼夢《おにゆめ》」はどろどろした女性の感情を描いていて、なまなましい。昇華がほしかった。しかしあとで男性の手になることがわかり、おどろいた。

もまれたあげくの受賞作

村松　友視

最優秀賞の「はよう寝《ね》ねんか　明日《あした》が来《く》るぞ」は、何といっても筏下《いかだくだ》りの迫力満点の描写が印象的だ。この場面に作品の魅力の軸があるのだが、そこに年上の少女をめぐる少年らしい微妙な恋心や、幼なさと大人っぽさを合わせもつ少女のあやうい魅力、大人の男の骨太な絆などがかさねられている。タイトルのフレーズも何箇所かにわたってキーワードとして使用され、母への想いなどもからんでいて、なかなかしたたかな作品的仕掛けをもった作品だ。激流にながされて洞穴に消えてゆく子鹿を、〝きょとん〟とながめたあと立ちつくす親鹿の場面には、作者のしたたかなセンスが感じられた。

優秀賞「空《そら》を飛《と》ぶ男《おとこ》」は、モデルに実在の人物があるとは知らずに読んだが、表具師の天才が鳶《とび》の飛ぶ姿に惹《ひ》きよせられ、表具→凧《たこ》→時計→入れ歯という世界にはまってゆく矢印は面白い。目が密とは言えないが、好感のもてる文章で、連続する場面描写には快感があった。実在の主人公を小説として成り立たせるため、作者は〝空を飛ぶ〟ことにそそのかされつづける男という設定をつくったのかもしれないが、その説得力がいまひとつだったのが惜しい。

「鬼夢」は、最後の数行に収斂《しゅうれん》させるための小説的工夫を随所に散りばめ、自分の本音を見定めようとするあがき、主人公である「私」の内面の揺れ動く軌跡を書いた作品だと、私は受け止めた。義母の介護を淡々とした無機質な日常とおさめきれぬ自分の本心を見抜いたようなささやきで、鬼夢は「わたし」を問いつめつづける。その筋道にネコのハッチや青年がからみ、義姉が狂言回しとなって夫の実態が炙《あぶ》り出され、すべての気力が中途半端に失《う》せようとする崖っぷちで、露天風呂に一緒に飛び込んだ義母と自分とをようやく「わたしたち」とくくることができた。負の札をばらまくだけまいて、それをひとつずつ裏返してゆく工夫に、なかなかのワザ師であるという手応えがあった。

「河童《かっぱ》の夏唄《なつうた》」は、全体としてよく構成された作品で、少年らしい友情やライバル心、それにほろにがい恋心がよく描かれた作品だ。ただ、登場人物のその後の大成を、最後に読者に報告する必要があったのかどうか。

今回は、けっこう議論が白熱する場面もあって、熱い選考会となった。それだけに、もまれたあげくの受賞作が生まれたとも言えるのである。

筏下しの波しぶきが圧巻

嵐山　光三郎

表題の「はよう寝《ね》んか　明日《あした》が来《く》るぞ」は、十五歳の主人公鴨一《おういち》に両親が口ぐせのようにいう台詞《せりふ》である。夜ふかしする子を、親は、そういって寝かしつけた。

この作品の迫力は、駿河湾《するがわん》にそそぐ大井川の筏下《いかだくだ》しのディテイルにある。昭和三十三年に大井川の筏組合が解散し、その翌年、鴨一は父と父の友人と筏を組み、筏下しに挑戦した。地下足袋《じかたび》を履き、舵棒《かじぼう》を握って激流を下り、一泊二日で河口まで下った。鉄砲水で水は濁り、断崖絶壁の谷を行くシーンが、実況中継を思わせる。筏下しの波しぶきが文章のしぶきとなって散る。話は、父と父の友人の息子と、心を寄せる娘が、ただ筏下しをするだけで、こみいった仕掛けもない。筏下しという冒険譚《ぼうけんだん》を、これほどドラマティックに書く腕に感服した。目を見開いた鹿が下流へ流されて洞穴に吸われていく。どどおーんと騒ぐ波をかいくぐって駿河湾に到着して、めでたし、めでたし。気分のいい小説。

「空《そら》を飛《と》ぶ男《おとこ》」は、空を飛ぶことを夢みた表具師が、内なる声にうながされて挑戦する歴史冒険小説。なにぶん天明五年（一七八五）の話だから、表具師は勇気がありました。

「鬼夢《おにゆめ》」は義母の介護をする妻と、不倫する夫と、猫がからまる情話で、この作者は

「つぎ」がある。筆者が女性かと思ったが、学習塾経営の男性だった。手なれた書きっぷりに評価がわかれた。次作が期待され、これから書ける人である。

「河童《かっぱ》の夏唄《なつうた》」は、同級生交歓といった青春譚で、みなさん立派な人となったところが、読み終えて、気分がよろしい。

伊豆文学賞は青春の輝きがある作品が多く寄せられる。願わくば、二十代、三十代の新人によるピカピカの現代小説が現れんことを。出よ、まぶしいほどの官能小説。

伊豆の海の青さを

太田　治子

前山博茂《まえやまひろしげ》さんの最優秀賞作品「はよう寝《ね》んか　明日《あした》が来《く》るぞ」は、まずそのタイトルの明るさに惹《ひ》き付けられました。思わず、そう呼びかけられたような楽しい気分になりました。タイトルは、とても大切ですね。内容も明るさがみなぎっていました。昭和三十年代の青春が、大井川の筏下《いかだくだ》りと共にそれは爽快にたちのぼってきます。「今はガリガリでもそう遠くない明日には、お前を追い越して空手チョップを見舞ってやる」主人公のつぶやきが、当時小学生の私には隣の家のお兄ちゃんの声だったように思われてきました。

優秀賞の宇和静樹《うわせいじゅ》さんの「空《そら》を飛《と》ぶ男《おとこ》」のタイトルも、面白い。ライト兄弟よりも早く空を飛んだ幸吉《こうきち》さんは、神聖なる山の上を飛行することで牢屋《ろうや》に入りました。そのような人物がいたことを、今回初めて知りました。大変に興味ある人物だけに、もっと長く書いていただきたかったと思いました。ラストシーンは、明るくすっきりとしていてほっとしました。幸吉さんは実在の人物なのか作者の想像した人物なのか、よくわからないのがもどかしく思われました。実在の人物であったことが、もっとはっきりわかるとよかったと思います。司馬遼太郎「竜馬《りょうま》が行く」の竜馬のように。

南津泰三《なつたいぞう》さんの「河童《かっぱ》の夏唄《なつうた》」は、タイトルから面白おかしい河童が登場するのかしらと思ったところ、河津《かわづ》の河童橋から飛び込む子供たちのことでした。みんないい子です。ガキ大将の鬼ヤンも、主人公のボクと同じように大変なお坊ちゃまであることが少し物足りなく感じました。「お地蔵さんにメガネをかけ、手に六法全書を持たせると鬼ヤンになる」と書かれているところからみても、河童のイメージではありません。年上の女の子へのあこがれは、とても美しく感じました。ボクの母親も、魅力的です。

秋永幸宏《あきながゆきひろ》さんの「鬼夢《おにゆめ》」はそのタイトル通りにこわい内容でした。この姑《しゅうとめ》を介護する四十代の人妻の心の中の鬼は、実に意地悪くしつように彼女の悪を暴きたてています。ヒロインは、せっ角富士山を遠くに仰ぐ美しい町に住んでいながら、これではだいなしです。救いがありません。巧みな文章が、彼女の悪を際立たせています。

伊豆文学賞審査の日は、早春の海が青く輝いていました。この海の青さこそ、伊豆文学賞につながっているのではないか。そのような作品との出合いが待たれます。

メッセージ部門

メッセージ部門は順風満帆

村松　友視

メッセージ部門の第一回であり、作品の幅や奥行きについて、多少の心配をしながら選考日を迎えたが、案ずるより生むが易《やす》しと言えば語弊があるかもしれぬが、結果としては多彩な趣をもつ受賞作にめぐまれることとなった。五枚という枚数の限界をも想像したが、それも杞憂《きゆう》におわり、選考委員全員がホッとした。

最優秀賞の「レアイズム」は、「ハワイは一年で約二センチずつ、日本に近づいているそうです」と意表を突く書き出しで始まる作品だが、そこから伊豆の神秘性を炙《あぶ》り出してゆく展開が新鮮だ。遠心的な部分と求心的な部分がともに冴《さ》えていて、海、山、シカ、草などの描写と、コンビニの自動ドアにはさまった沢ガニとクワガタの顛末《てんまつ》への視座が、ともに魅力的だった。〝季節の糊代《のりしろ》〟と〝人生の糊代〟の対比など、感動を伝える文章力が他の作品より頭ひとつ抜けていた。

優秀賞第一作、「高天神《たかてんじん》の町《まち》」は、古戦場跡のある街高天神城を、〝不思議で、少し不気味で、しかし神秘的〟と表現した感受性と、故郷の具体的な魅力を伝えようとする熱さにみちていて、一度おとずれてみたい気持ちにさそわれた。

第二席「ある日《ひ》の出来事《できごと》」は、お茶好きの少女の日常にただよう、〝ほんわり、のんびり、ゆったり〟とした静岡の滋味にあふれる雰囲気を、心地よく伝える作品だった。

第三席「友情《ゆうじょう》と伊豆《いず》」は、もうすぐ八十四歳になるという作者と、肉親以上に判《わか》り合える友との友情が、句や歌とともにしっとりと伝わってくる作品だった。

第四席、「懐《ふところ》ひろ〜い」の、巧みな構成によって全篇《ぜんぺん》にあふれる静岡感の説得力、第五席「おだっくいの国《くに》、シゾーカに行《い》かざあ」の地の文を静岡弁いやシゾーカ弁に仕立てた工夫は、静岡への愛にユーモアをからめた効果が見事な二作品だった。

その他にも、老若男女のセンスの彩りにあふれた候補作品が粒揃いで、メッセージ部門の前途は、どうやら順風満帆といったけはいである。

すてきな方々に会えました

清水　眞砂子

初めて作られたこの部門の審査はことのほかむずかしく、審査を終えた今も誤ってはいないかと正直不安である。それでも最終審査に残った作品を読むのは楽しかった。書き手については氏名、性別はもちろん年齢も知らされないまま私たちはただ文章と向かい合うのだが、そこには書き手それぞれの人生が顔をのぞかせる。が、中に人生と呼ぶにはまだ早い、若い息吹の感じられる文章がぽつぽつと交じっていて、私は出会うたび、そっとうれしさをかみしめた。

最優秀賞受賞作「レアイズム」は読む者をいきなり気の遠くなるような時空の中に引っぱり出す。「ハワイは一年で約二センチずつ日本に近づ」き、「単純計算で二百キロ進むだけでも一千万年かかる」と書いて。その「ハワイより一足先に、今から百万年前に日本に到着したのが伊豆半島」なのだそうだ。この解放感は気持ちがいい。それから書き手は「竹取物語」を経て、読み手を一気に伊豆の海のカジメの林に連れ込み、気がつけば私達はごつごつしたサザエの感触を肘に覚えている。

入賞作「高天神《たかてんじん》の町《まち》」と「ある日《ひ》の出来事《できごと》」はともに高校生の作品。前者は自宅近くの高天神城址《じょうし》に親しんできた人ならではの細やかな描写から始まる。森、石段。岩肌から池に落ちる水滴の音。古い歴史を持つこの城跡をめぐる地域の人々の暮らしの記述もいい。後者「ある日《ひ》の出来事《できごと》」は書き手自身と思しき高校生のたった一日を書いて、静岡県人の暮らしのありようをみごとに伝える一篇《いっぺん》。

「懐《ふところ》ひろ〜い」は他県に暮らす人に静岡がどう見られているか、同じ県でもひとつに括《くく》ることがいかに危いかを会話文を交え、簡潔に記したもので、審査終了後、書き手がオランダ在住の方と知り、外からの眼が入っていることに納得した。

「おだっくいの国《くに》、シゾーカに行《い》かざあ」は全文静岡方言で書くことを試みた作品で、伝えるべきをよく伝えてはいたが、同じ県内でも方言はさまざまに異なるゆえ、少々無理もあるように感じられた。

「友情《ゆうじょう》と伊豆《いず》」は、八十三歳の女性が、二十歳の頃からの親友との交わりを伊豆を舞台に書いたもの。ご自身の俳句を記した文章は美しい手書きの文字と共に、読む者にその人生の豊かさを垣間見せてくれた。

新鮮なメッセージたち

中村　直美

長年、旅行雑誌の編集に携わる私には、記者の取材原稿とはまた視点が異なりつつも、静岡県の魅力がじわりと伝わってくる作品群が新鮮でした。

最優秀賞の「レアイズム」は、日本各地でも注目されているジオパークにも通じる壮大な見地から、まるで鳥瞰図《ちょうかんず》のように伊豆半島、富士山が描かれた書き出しが印象的。かぐや姫を迎えに来た月の使者が火口に投げ入れた不死の薬、それが地脈を伝って伊豆の温泉に湧き出ているとしたら……なんてロマンチックなメッセージを読むと、またすぐにでもその効能を試しに行きたくなりました。今度は、足元の沢ガニや、一本だけ刈り残された野百合《のゆり》の白さにも気付ける心の余裕を持って出かけますね。

「高天神《たかてんじん》の町《まち》」は、不思議で少し不気味でというまだ見ぬその城址《じょうし》を、筆者と一緒に歩いている気分になりました。暗い森、片手に棒をもって歩く人、三日月形の池、ぴしゃりと動く金魚の赤……。書き出しは、まるで黒澤明の映画の一シーンでも観ているかのよう。武田軍と徳川軍に分かれてダンボールの鎧兜《よろいかぶと》で戦う「風雲高天神城」、小学校の運動会にそんな騎馬戦のある町って素敵《すてき》ですね。

一杯の静岡茶に始まり夕餉《ゆうげ》の静岡茶で締めくくる一日に、故郷自慢がぎゅっと詰まった「ある日《ひ》の出来事《できごと》」。静岡県に生まれて本当によかったですね。犬の散歩途中のご近所さんとのほのぼのとしたやりとりに、明日も明後日《あさって》も、きっと大人になってからも笑顔の絶えないあなたが見えるようでした。

「懐《ふところ》ひろ〜い」は、名古屋から東名高速で東京に向かうと「行っても行っても静岡県から出られないいんだ」という下りに思わず共感！　伊豆、駿河《するが》、遠江《とおとうみ》と、もとは三つの国に分かれていたから、ホント、ひと口に「静岡県」とまとめられない個性が今も存在していますよね。

「おだっくいの国《くに》、シゾーカに行《い》かざあ」は、散りばめられた静岡方言の多彩さに驚きました。おだっくいって、「お調子者」を指す県中部の方言なんですね。そういえば、東北地方などに比べ、地元で方言を耳にすることが少ないのは旅人にとっても残念です。

「友情《ゆうじょう》と伊豆《いず》」は、戦時中のクラスメイトが下田出身だったという偶然は、筆者のその後の長い人生にとって必然だったのでは？と思える静かな作品でした。誰も、こんな素敵な偶然の積み重ねで人生が編まれていくのですね。

「伊豆文学フェスティバル」について

文学の地として名高い伊豆・東部地域をはじめとして、多彩な地域文化を有する本県の特性を生かして、心豊かで文化の香り高いしずおかづくりを推進するため、「伊豆文学賞」（平成９年度創設）や「伊豆文学塾」を開催し、「伊豆の踊子」や「しろばんば」に続く新しい文学・人材の発掘を目指すとともに、県民が文学に親しむ機会を提供しています。

第14回伊豆文学賞

■応募規定

応募作品　伊豆をはじめとする静岡県を題材（風土、地名、行事、人物、歴史など）にした小説、随筆、紀行文と、静岡県の魅力を伝えるメッセージ。ただし、日本語で書いた自作未発表のものに限ります。

応募資格　不　問

応募枚数	小　説	400字詰原稿用紙30枚～100枚以内
	随筆・紀行文	400字詰原稿用紙20枚～40枚以内
	メッセージ	400字詰原稿用紙３枚～５枚以内

■賞

〈小説・随筆・紀行文部門〉

最優秀賞	３部門の中から１編	表彰状、賞金100万円
優 秀 賞	３部門の中から１編	表彰状、賞金20万円
佳　　作	３部門の中から２編	表彰状、賞金５万円

〈メッセージ部門〉

最優秀賞	１編	表彰状、賞金５万円
優 秀 賞	５編	表彰状、賞金１万円

■審査員

〈小説・随筆・紀行文部門〉

三木　卓　　村松友視　　嵐山光三郎　　太田治子

〈メッセージ部門〉

村松友視　　清水眞砂子　　中村直美

■主　催

静岡県、静岡県教育委員会、伊豆文学フェスティバル実行委員会

第14回伊豆文学賞の実施状況

■募集期間　平成22年5月31日から10月1日まで（メッセージは9月6日まで）

■応募総数　388編（前回＋169）

■部門別数　小　　　説　172編
　　　　　　随　　　筆　 37編
　　　　　　紀　行　文　 12編
　　　　　　メッセージ　167編

■審査結果

〈小説・随筆・紀行文部門〉

賞	（部門）作品名	氏名	居住地
最優秀賞	（小説）はよう寝《ね》んか　明日《あした》が来《く》るぞ	前山《まえやま》　博茂《ひろしげ》	静岡県
優 秀 賞	（小説）空《そら》を飛《と》ぶ男《おとこ》	宇和《うわ》　静樹《せいじゅ》	大阪府
佳　　作	（小説）鬼夢《おにゆめ》	松山《まつやま》　幸民《ゆきたみ》	静岡県
佳　　作	（小説）河童《かっぱ》の夏唄《なつうた》	南津《なつ》　泰三《たいぞう》	神奈川県

〈メッセージ部門〉

賞	（部門）作品名	氏名	居住地
最優秀賞	レアイズム	秋永《あきなが》　幸宏《ゆきひろ》	静岡県
優秀賞	高天神《たかてんじん》の町《まち》	鈴木《すずき》　めい	静岡県
優秀賞	ある日《ひ》の出来事《できごと》	鈴木《すずき》　美春《みはる》	静岡県
優秀賞	友情《ゆうじょう》と伊豆《いず》	細谷《ほそや》　幸子《さちこ》	神奈川県
優秀賞	懐《ふところ》 ひろ〜い	日向川《ひながわ》伊緒《いお》	オランダ
優秀賞	おだっくいの国《くに》、シゾーカに行《い》かざあ	藤岡《ふじおか》　正敏《まさとし》	静岡県

〈メッセージ部門特別賞〉

賞	学　校　名	内　容
学校奨励賞	静岡県立御殿場南高等学校	応募数最多

はよう寝んか　明日が来るぞ
第14回「伊豆文学賞」優秀作品集

＊

平成23年３月18日初版第1刷発行

●編　　者／伊豆文学フェスティバル実行委員会
〒420-8601　静岡市葵区追手町9-6
静岡県文化・観光部文化学術局文化政策課内
電話054-221-3109

●発 行 者／松井純

●発 行 所／静岡新聞社
〒422-8033　静岡市駿河区登呂3-1-1
電話054-284-1666

●印刷・製本／石垣印刷

ISBN978-4-7838-1116-9 C0093